NO FOTOGRAFÍES SOLDADOS LLORANDO

NO FOTOGRAFÍES SOLDADOS LLORANDO

Jordi Sierra i Fabra

amazon publishing

Los hechos y/o personajes de este libro son ficticios. Cualquier parecido con la realidad es mera coincidencia.

Publicado por:
Amazon Publishing, Amazon Media EU Sàrl
5 rue Plaetis, L-2338, Luxembourg
Octubre, 2017

Producción editorial: Wider Words
Diseño de cubierta: lookatcia.com
Imagen de cubierta © Ojo Images/Getty Images

Impreso por: Ver última página
Primera edición digital 2017

ISBN: 9781477818398

www.apub.com

SOBRE EL AUTOR

Jordi Sierra i Fabra (Barcelona, 1947) publicó su primer libro en 1972, ha escrito más de quinientas obras, ha ganado casi cuarenta premios literarios a ambos lados del Atlántico y ha sido traducido a treinta lenguas. Ha sido dos veces candidato por España al Nobel de literatura juvenil, el premio Andersen, y otras dos al Astrid Lindgren. En 2007 recibió el Premio Nacional de Literatura del Ministerio de Cultura y en 2013 el Iberoamericano por el conjunto de su obra. Las ventas de sus libros superaron los doce millones de ejemplares en 2017.

En 2004 creó la Fundació Jordi Sierra i Fabra, en Barcelona, y la Fundación Taller de Letras Jordi Sierra i Fabra, en Medellín, culminación de toda una carrera y de su compromiso ético y social. Desde entonces se concede el premio que lleva su nombre a un joven escritor menor de dieciocho años. En 2010, sus fundaciones recibieron el Premio IBBY-Asahi de Promoción de la Lectura. En 2012 se inauguró la revista literaria en internet, gratuita, www.lapaginaescrita.com y en 2013 el Centro Cultural de la Fundación en Barcelona, Medalla de Honor de la ciudad en 2015.

Más información en la web oficial del autor, www.sierraifabra.com.

Lo que más me sorprendió fue que me dijeran que no fotografiara soldados llorando. Muertos, la guerra, sí, pero no soldados llorando o en funerales dando sensación de debilidad.

Samuel Aranda

(Premio World Press Photo of The Year 2012 por su serie de fotos de una madre yemení consolando a su hijo herido, en el documental *No me llames fotógrafo de guerra* emitido por Canal Plus Xtra en 2014).

Prólogo

Y entonces, el director de la agencia le dijo aquello:

—No fotografíes soldados llorando.

Damián se lo quedó mirando como si acabase de recomendarle que no cruzara la calle por un paso de cebra.

—¿Cómo dice?

—Lo que has oído. Y no es broma, va muy en serio: no fotografíes soldados llorando.

—¿Por qué? Se supone que he de captar todo lo que vea, ¿no?

—Te equivocas —aseguró el hombre—. Eres un reportero de guerra, no un fotógrafo de emociones. Las lágrimas han de ser las de aquellos que sufren la contienda, no las de los que combaten en ella.

—Pero la fotografía es emoción —adujo, en un intento de rebatir sus palabras.

—No. —Jonathan Ambros se mantuvo firme—. La fotografía captura un instante, como un *haiku*. La guerra es horror. Una foto de un conflicto sacude el ánimo, la conciencia, nos enfrenta a lo más oscuro del ser humano. Por eso ha de ser dura.

—¿Y qué mejor que un soldado llorando para sacudir esa conciencia?

—Damián, los soldados no lloran. Y si lo hacen, se esconden. No es bueno para la moral. Publicar una foto así es un riesgo. Se trata de una regla no escrita, pero que te dirá cualquier agencia —añadió para ser más explícito—. El problema son los militares, los generales y todo eso. Colaboran, nos dejan estar ahí, pero es mejor no tocarles las narices. Los soldados han de ser hombres. Quieren hombres. Un soldado llorando resquebraja la moral. Está diciendo que la guerra es una mierda y que se arrepiente de estar en ella. Que preferiría estar en casa con papá y mamá, o con la novia en el cine. Si fotografías un soldado llorando a él lo empluman y a nosotros nos cortan el acceso a primera fila.

Seguía sin entenderlo, porque el director de la agencia le estaba coartando la libertad, pero no tuvo más remedio que aceptarlo.

Después de todo, era su primer destino, su primer trabajo, su primera guerra.

El sueño de una vida.

Para eso había estado trabajando tanto mostrando sus fotos a todo el mundo.

—De acuerdo —accedió.

Jonathan Ambros, la leyenda de los reporteros de guerra, ahora convertido en jefe de todos ellos en la agencia, lo miró con simpatía. Quizá porque le recordaba a sí mismo muchos años atrás.

—Eres un buen fotógrafo, Damián. Y más joven que muchos con esta primera oportunidad. Tienes tu estilo, juegas bien con luces y enfoques, tanto en color como en blanco y negro. Por eso estás aquí. Sé que harás grandes cosas para nosotros. Todos tenéis un punto, destacáis en algo. Lo tuyo es el asombro. Incluso tus fotos más duras tienen eso. Y me parece bien. Solo recuerda que vas a un conflicto a retratar lo que veas, no lo que sientas. Asombrar en una guerra es difícil. Consíguelo y darás el gran salto. Lo más importante es no tomar partido, veas lo que veas, porque ambos bandos matan igual y son crueles en la misma medida. Todos creen tener razón. Si pierdes la perspectiva, tu trabajo se resentirá, porque solo vas a ofrecer una parte del prisma. Irás con las tropas españolas, está claro, y esas tropas están allí para controlar, supervisar, evitar que sigan matándose y todo eso. Pero sigue habiendo combates. Aquello es un polvorín. Cuando oigas silbar las balas o caigan bombas, no vas a preguntarte de qué lado salen.

Había sido una larga explicación. También concreta.

Nada que no supiera ya... salvo lo de no fotografiar soldados llorando.

—Sí, señor —asintió convencido.

—¿Por qué quisiste ser fotógrafo?

—Por Sebastião Salgado.

—¿En serio?

—Vi una exposición suya y quedé... Aquel día empecé a ahorrar para comprarme mi primera cámara.

—¿Qué edad tenías?

—Trece años.

—Salgado no ha sido corresponsal bélico.

—Pero ha fotografiado el horror de muchos.

Jonathan Ambros ya no preguntó nada más.

—Suerte —le dijo, tendiéndole la mano derecha.

Damián se la estrechó.

Cuando salió del despacho, se sintió más feliz que nunca en su vida.

Todo comenzaba en ese momento.

PRIMERA PARTE:
LA GUERRA
(BOSNIA-HERZEGOVINA, 1995)

1

Sabía que lo primero que debía hacer al llegar a la base era presentarse al oficial al mando. Pensaba que, por lo menos, sería un coronel, o quizá un comandante. Pero no: era un capitán. En cualquier caso, tras pasar los preceptivos controles de seguridad, lo derivaron a él y no hizo más preguntas.

—Te dirán lo que quieran que sepas, no más —le habían advertido—. Haz las preguntas precisas, no te pases de listo ni de curioso, y recuerda que los militares son quisquillosos.

El capitán se llamaba Gómez. Ernesto Gómez. Tendría unos cuarenta años y daba la impresión de ser un tipo curtido en mil batallas, cabello cortado al cepillo, nariz recta, pómulos de piedra pómez, barbilla cuadrada, ojos penetrantes. Le estrechó la mano como si quisiera probar su fuerza. Damián resistió el apretón.

Luego, el hombre le sonrió.

—Bienvenido al paraíso.

—Gracias, señor. ¿O he de llamarlo capitán?

—Usted es civil. No tiene por qué usar términos militares. Señor está bien.

—Gracias.

—Siéntese —le ofreció—. Me gusta saber a quién tengo por aquí. ¿Agua?

—No, gracias.

Se sentaron, separados por la mesa del despacho. Detrás del capitán, un retrato del rey Juan Carlos y una bandera española. A la derecha, un enorme mapa de la zona, con alfileres de colores clavados en él. Los había de cuatro colores: rojo, azul, amarillo y verde.

—Bueno —dijo el oficial—. Ha llegado en un momento de cierta calma, pero no creo que dure mucho. Hay una especie de tregua. Ojalá se alargue un poco más, hasta que se hable de paz en Dayton dentro de unos días.

—¿Cree posible un acuerdo?

—Si le he de ser sincero, no. —Le apuntó con un dedo—. Pero como escriba eso lo hago fusilar.

—Hago fotos, no artículos, aunque también me piden que escriba algo, más que nada como acompañamiento de la imagen, dónde la he tomado, qué ha sucedido, cosas así.

Ernesto Gómez se retrepó en su asiento.

—Esta es una guerra sucia, amigo mío. —Enlazó las manos, como si fuera a darle una larga lección geoestratégica—. Sucia por dos motivos: el primero es que no hay dos bandos, sino tres, y con numerosas ramificaciones paramilitares, que son incontrolables; el segundo, porque aquí, en Bosnia, de lo que se trata es de evitar un genocidio.

—Es asombroso que vivieran todos juntos desde el final de la Segunda Guerra Mundial y de pronto…

—Tito los tenía a raya. Más que unidos, estaban apretados por el mismo puño. Muerto él, el puño se abrió. Tarde o temprano esto tenía que estallar. Cuando las cosas se enquistan… Usted habla de la Segunda Guerra Mundial, pero no olvide que ya la Primera empezó aquí, en Sarajevo. Esta gente es muy suya.

—¿Por qué no se queda cada uno en un lugar?

—¿Está de broma? Han vivido relativamente mezclados, y ahora se trata de que, cuando llegue la paz, cada uno haya conquistado el mayor territorio posible y exterminado a los enemigos que vivían en él. Las fronteras las marcan las victorias y, a veces, solo a veces, los políticos al sellar la paz. Cuesta mucho irse de un terreno ocupado. Mire, los más listos fueron los eslovenos, que se independizaron sin disparar un solo tiro. Pero ellos lo tenían fácil. El cogollo está aquí. Es esto. Aquí han peleado serbios contra croatas y bosnios, croatas contra bosnios y serbios, y bosnios contra serbios y croatas. Pero más allá de las tropas, lo que lo ha hecho más complicado es el gran número de paramilitares de los tres bandos en conflicto, y ahí todos han cometido tropelías inimaginables y atrocidades increíbles. Ahora, sin embargo, hay una diferencia fundamental: los serbios son unas bestias pardas y los bosnios, por culpa de la religión, están a años luz de casi todo. Europa acaba de descubrir que hay musulmanes en el continente. ¡Oh, qué sorpresa! —Hizo un chasquido con la lengua—. Lo que los paramilitares serbios quieren es exterminar al mayor número posible de bosnios antes de que acabe todo. Cada bosnio que cae es un enemigo menos para el futuro, por si vuelven a las andadas. Los croatas no les van a la zaga, pero el genocidio es sobre todo cosa de los serbios.

—He leído mucho sobre las matanzas —dijo Damián.

—Si solo fuera eso… Hay muchas formas de hacer una limpieza étnica. No hace falta ni disparar un tiro. Violan a una bosnia y listos. Ella queda deshonrada para siempre. Nadie va a quererla. Violada y despreciada por los suyos. Encima, si no se suicida, la mata el padre o el hermano mayor, para limpiar el deshonor.

—Es absurdo.

—Dígaselo a ellos y a su religión, sus costumbres… Sin mujeres no hay niños. No solo se elimina a una persona. Se elimina el futuro. —Abrió las manos en un gesto explícito—. Nosotros estamos aquí para protegerlos, incluso de sí mismos. Somos vigilantes y garantes de la paz, no tropas de intervención, aunque si nos disparan, respondemos, claro.

Sonó el teléfono y el capitán abandonó su actitud condescendiente para responder a la llamada. Fue bastante rápido. Dos monosílabos y un «voy en cinco minutos». Luego colgó y se puso en pie.

Damián hizo lo propio.

—Mañana al amanecer sale un pequeño convoy con hombres para reemplazar a un destacamento avanzado —le informó el militar—. ¿Quiere ir con ellos y así le toma el pulso a esto?

—Sí, señor.

—En teoría es un paseo, aunque eso nunca se puede asegurar. Pero verá zonas de combate, pueblos arrasados…

—Me parece bien.

—Sabe que está aquí bajo su propio riesgo, ¿verdad? —Ernesto Gómez se puso más serio.

—Lo sé, sí.

—Podemos protegerlo, y lo haremos, pero si hay disparos tendrá que espabilarse.

—Conozco los riesgos.

—¿En cuántas campañas ha sido corresponsal de guerra? Es muy joven, o al menos a mí me lo parece.

—Es la primera.

El capitán abrió un poco los ojos.

—Vaya por Dios —exclamó sin demasiado énfasis—. Debe de ser bueno para que lo hayan mandado aquí, aunque ahora el peligro bélico sea menor.

—Espero estar a la altura —dijo Damián, concluyendo su visita.

Se estrecharon la mano por segunda vez. Y por segunda vez el fotógrafo aguantó el excesivo apretón destinado a hacerle crujir los huesos. Lo resistió con estoicismo y salió del despacho dispuesto a dirigirse a su alojamiento.

Fuera lo esperaba un hombre de paisano.

—¿Señor Roca? —Se le plantó delante con una sonrisa de oreja a oreja.

—¿Sí?

—¡Soy Goran! —lo saludó el aparecido—. ¡Su intérprete! ¡Soy feliz de ver y conocer a usted!

Le habían hablado de él. Solo sabía que era mitad bosnio, mitad croata, mitad serbio. Demasiadas mitades para un todo. Tendría más o menos su edad, unos veinticinco años, y daba la impresión de ser el tipo más feliz de la base a tenor de su sonrisa.

—No me llames señor Roca —fue lo primero que le dijo al darle la mano—. Damián, ¿de acuerdo?

—¡Oh, sí! —El intérprete asintió con la cabeza—. ¡Damián! —Y repitió su nombre—. Yo Goran. Goran, ¿sí?

—Me alegro de conocerte, Goran.

—¡Oh, bueno, sí! ¡Muy bueno! —Movió la cabeza de arriba abajo varias veces—. Acompaño tú a sitio de dormir y hablamos, ¿sí?

Dio el primer paso para guiarlo.

Damián pensó que, a fin de cuentas, iba a ser su enlace con la realidad del entorno más allá de la base. Lo que en términos bélicos y de corresponsales de guerra se llama un «lazarillo».

—Muy bien, Goran. —Lo acompañó.

El intérprete se echó a reír.

—Apellido extraño —dijo—. Roca, piedra. Extraño, sí, ¿verdad?

2

En parte le había dicho una pequeña mentira al capitán.

Estaba allí para hacer fotos, desde luego, pero también aspiraba a mejorar sus textos, para convertirse en el corresponsal completo. Uno de sus sueños era escribir libros y llegar a publicarlos algún día.

Así que practicaba.

Los paisajes son impresionantes. Estas montañas, la sensación de que la tierra es todavía más abrupta que los enemigos que se matan en ella, produce una impresión extraña. Por un lado, libertad, la salvaje exuberancia de la naturaleza. Por otro, miedo, porque hay mil caminos, vericuetos, riscos, valles o lugares insospechados, cuevas donde esconderse o enemigos camuflados con el entorno. Puede brillar un sol radiante y al descender por la siguiente curva, una niebla impenetrable lo cubre todo y no te deja ver nada. Pasas del frío al calor y de nuevo al frío en unos kilómetros.

La tropa, por lo que he visto, respira profesionalidad. Son buenos soldados y están bien entrenados.

Uno está habituado a ver películas yanquis, en las que los marines, los SWAT o los SEAL son tipos-armario de dos metros y músculos enormes, con cara de muy pocos amigos y cerebros de mosquito. Los nuestros no son tan bestias, creo que piensan más y de manera tan profesional como los otros, o más. O será que las películas yanquis difunden mera propaganda, que es lo más probable. Veo hombres muy serenos, aunque un poco relajados, porque hace días que no pasa nada pese a los rumores de que se avecina algo. Son soldados y al mismo tiempo personas. La mayoría anda por la veintena. Los veteranos llegan a los treinta años de edad. Me gusta su camaradería. Mi problema (que debo superar) es que no soy belicoso, me considero pacifista. Sin embargo, un corresponsal de guerra ha de vivir entre militares a no ser que vaya por libre, aunque en ese caso tiene más posibilidades de acabar herido o muerto.

Nuestra base está situada en plena zona de conflicto y la misión es mantener el *statu quo* actual, vigilando y controlando los desmanes de unos y otros, pero más los de unos. Hay restos de tropas y guerrilleros serbios en las montañas. Los famosos Tigres de Arkan. Es su hábitat natural y lo controlan bien. Son hijos o nietos de los partisanos que hostigaban a los nazis durante la Segunda Guerra Mundial. Muchos bosnios se han ido, pero otros se resisten a dejar sus casas. La mayoría de los pueblos han sufrido combates, hay edificios destruidos, pocas familias sin heridas de guerra.

Goran, el intérprete, es divertido. Chapurrea el español. También habla algo de inglés y francés. Todo un políglota. Siempre dice «¿sí?» y «¿verdad?» a modo de coletilla. Creo que me será muy útil.

Dejó de escribir.

Se hacía tarde. No tenía sueño, pero las horas habían pasado volando y necesitaba descansar. El capitán había dicho «al amanecer», así que eso significaba ponerse en marcha a la salida del sol. Tenía un cuartucho para él solo, un jergón, una mesa de madera y una silla. Un palacio. Se desnudó y se puso el pijama. ¿Algún soldado dormía en pijama? Lo más probable era que no, que lo hicieran en camiseta y calzoncillos. En las películas…

Vale, tenía que dejar de pensar en las películas.

Aquello era la vida real.

Apagó la luz.

Pensó en sus padres, en todo lo que le habían dicho al irse: que comiera, que descansara, que no se metiera en líos, que no se hiciera el héroe, que tuviera cuidado con las balas…

Sonrió.

Cuidado con las balas.

Genial.

Por suerte había roto con Míriam hacía dos meses. Un problema menos. Una angustia eliminada. Al principio a ella le hizo gracia que fuera fotógrafo, «artista». Luego ya no había entendido tanto su pasión, la necesidad de ir al último rincón del mundo para tomar una foto, y menos ir a una guerra. Tampoco había sido un gran amor, apasionado y visceral.

No pasaba nada.

Cerró los ojos.

Era libre y podía concentrarse en su trabajo.

En alguna parte, lejos, oyó el aullido de un perro.

Buena señal.

Cuando se atacaba un pueblo, o el lugar que fuese, los francotiradores primero eliminaban a los perros, para que no hicieran precisamente eso: aullar o ladrar al advertir la presencia de extraños y alertar a sus dueños.

Pero ¿quién iba a atacar una base militar española fuertemente armada?

Se durmió con placidez, sintiéndose tan seguro como en casa.

3

El convoy lo formaban tres vehículos. El primero era un BMR-625 VEC, un vehículo de exploración de caballería según la terminología militar. Los soldados lo llamaban simplemente Pegaso. Tenía partes blindadas y armamento consistente en un cañón automático calibre 25 milímetros Bushmaster M242 montado en una torreta giratoria y una ametralladora coaxial de 7,62 milímetros. Con su motor diésel Pegaso de 310 caballos y sus seis ruedas, podía circular a poco más de cien kilómetros por hora con una autonomía de ochocientos. Dentro iban cinco hombres. En el segundo vehículo viajaban los soldados y él, un poco apretados. No era más que un Transporte Oruga acorazado, sin ventanillas para ver el exterior salvo las de delante y dos huecos en la parte de atrás. El tercero, el que cerraba el convoy, era un BMR M1-PP, un blindado todoterreno con motor Scania, equipado con una ametralladora Browning M2HB y tres hombres. Rodaban a más de ochenta kilómetros por hora en una zona en la que ir a cincuenta y con un automóvil normal ya habría sido un suicidio. A cada curva, los soldados, sentados en dos filas frente a frente, se daban golpes entre sí a causa de los bandazos.

Damián los observó uno por uno.

Parecían fantasmas.

Con sus equipos de combate, sus uniformes de camuflaje o lo que fuera aquello, los cascos, los fusiles de asalto, balas y granadas en cada bolsillo, aparatos sofisticados, gafas especiales…

Tenía mucho que aprender y que preguntar, aunque no era el momento.

Lo que sí recordó es que estaba trabajando.

—¿Puedo tomaros fotos? —preguntó.

Lo miraron como si por primera vez se dieran cuenta de que estaba allí.

—¡Eh, chicos, un corresponsal educado! —dijo uno.

Hubo algunas risas.

—¡A mí no, que mi mujer cree que estoy trabajando en una plataforma petrolífera tan tranquilo! —gritó otro.

—¡Sí, es lo que me dijo el otro día, cuando fui a verla! —intervino un tercero, manteniendo el alto tono de voz.

Se pusieron a hablar todos de golpe.

—¡A mí, a mí! —se dirigió a él uno muy joven sentado en el extremo—. ¿Qué tal así? —Puso cara de asesino, o de loco, con los ojos abiertos y enseñando los dientes en una mueca feroz mientras sujetaba su arma.

Damián fue rápido.

Siempre lo era.

Le tomó la foto.

Los demás, al menos los que estaban cerca, palmearon al fotografiado.

—¡Serás portada en el *ABC*, seguro! —le tomó el pelo el que tenía a su lado.

—Sí, ya me veo el titular: «Ejemplar español cumpliendo con las más altas cotas de su deber» —se burló uno más, alargando la eñe de la palabra «español» de manera exagerada.

El único que de momento no hablaba, el sargento, le lanzó una mirada sesgada.

Damián tomó más fotos.

Hasta que volvió el silencio.

Unos kilómetros después, lo rompió el que iba al lado del conductor.

—¡Eh, chicos, el pueblo!

No había por dónde mirar. Unos lo hicieron a través de los cristales delanteros, otros por los huecos de la parte trasera. A Damián le tocó lo primero. Circulaban por entre un grupo de casas diseminadas, algunas recortadas por las montañas, entre piedras blancas y vegetación. La marcha se redujo un poco, pero no mucho. Las escasas personas que caminaban por las calles se detenían a su paso. Rostros serios, graves. Algunos niños se empeñaban en correr junto al convoy, y luego tras él, como si esperaran que los soldados les echaran caramelos.

Un anciano les escupió sin molestarse en disimular.

—Estamos aquí para ayudarles y evitar que los maten y nos escupen —gruñó el conductor—. La puta madre que los parió…

—Bueno, sea como sea, hemos invadido su espacio —comentó su copiloto.

—¡Bah, esta guerra es de locos! Y aunque se acabe, vamos a tirarnos aquí un montón de años para controlarlos, porque a la que nos vayamos volverán a echarse los trastos a la cabeza —protestó uno de los que parecían veteranos.

—Están todos locos —manifestó otro de los soldados como si acabase de expresar un pensamiento filosófico—. Y encima fíjate en ellas, tan tapadas. No sé lo que tendrán debajo, pero parecen feas de cojones.

—¡Morales!

Todos miraron al sargento.

Estaba muy serio.

—¿Señor?

—Cierre la boca y no vuelva a abrirla si no es para decir algo inteligente, o sea, que no diga nada más hasta el día de su muerte, que al paso que va, puede estar cerca.

—Sí, mi sargento. —Morales se puso pálido.

Callaron todos.

El pueblo quedó atrás y entraron en una zona boscosa, fría y húmeda. Lo notaron cuando el camión pegó un primer bandazo más fuerte que los anteriores, como si fuera a salirse de la carretera. Tuvieron que aminorar la marcha.

Otro kilómetro más.

Curvas.

La explosión se produjo en una de las más cerradas y empinadas. Una enorme bola de fuego y el correspondiente estallido lo cambiaron todo. La deflagración se concentró en el primer vehículo, el más combativo, con objeto de eliminar su potencia. No lo reventó, pero lo sacó de la carretera y lo volcó sobre la parte de la derecha, la que daba a un barranco. El BMR-625 VEC se quedó en el límite, sin llegar a precipitarse por él como probablemente pretendían los atacantes. El conductor del Transporte Oruga, en el que viajaban ellos, ni siquiera intentó frenar. Aceleró justo cuando comenzó la lluvia de balas.

4

Mientras la ametralladora del tercer vehículo comenzaba a tabletear el aire, cribando la zona de la que venían los disparos, el Transporte Oruga recorrió apenas veinte metros más. Dos morteros impactaron cerca.

—¡Están arriba, en la montaña! —gritó el sargento—. ¡Salid y poneos a cubierto! ¡Ya, ya!

La parte trasera del transporte se abrió y los primeros soldados saltaron a tierra. Ellos protegieron la salida de los otros. Sus armas también dispararon hacia la montaña, aunque sin precisar la dirección.

Todo era muy rápido.

Damián se aferró a su cámara.

Se alegró de haber llevado solo una. Bastante trabajo tendría con sujetarla.

—¡Morales, el último, con el corresponsal! —volvió a tronar la voz del sargento.

El soldado se colocó al lado de Damián.

—¡Cagüen Dios…! —exclamó.

Por la parte delantera, el conductor y su copiloto ya habían abandonado el vehículo. Una ráfaga de ametralladora acribilló las ventanillas protegidas con rejillas metálicas y las hizo añicos.

—¡Van a volar esto! —dijo una voz—. ¡Hay que apartarse cuanto antes!

Quedaron solo Damián y Morales.

Los últimos soldados ya no estaban a la vista, parapetados en la ladera del barranco.

Damián hizo el gesto.

Se encontró con la zarpa de Morales en su hombro, deteniéndolo.

Justo en el lugar en el que iba a estar, las balas silbaron cribando el aire.

—¡Tranquilo, que nos esperaban! —gritó Morales—. ¡Hay que hacerles creer que ya no queda nadie aquí dentro!

—¡Esto va a explotar! —dijo Damián desencajado.

—¡Aún no! —Y por la puerta abierta gritó—: ¡Cubridnos, que seguimos aquí!

Una atronadora cortina de disparos indicó que sus compañeros lo habían escuchado.

—¡Ahora! —Y empujó literalmente a Damián.

El fotógrafo cayó al suelo de bruces, pero no se quejó ni pensó en mirar si la cámara había sufrido daños. Rodó sobre sí mismo y luego se orientó hacia la izquierda, para llegar junto a los demás hombres. El último en salir del transporte fue Morales.

Justo en el momento en que un obús se colaba por debajo del vehículo y lo hacía saltar por los aires.

El soldado se lanzó de cabeza contra los matorrales.

—¡Corred!

—¡Poneos a cubierto, estamos demasiado expuestos!

—¡Hacia atrás! ¡Reunámonos con los otros!

—¡Ya!

Comenzaron a funcionar como lo que eran y tal cual les habían enseñado: trabajando en equipo, relevándose. Unos disparaban y otros se movían. De esta forma avanzaron una decena de metros, en dirección al blindado volcado en la cuneta. Los cinco hombres que lo ocupaban también repelían el ataque con sus armas.

—¿Algún herido?

—¡No, mi sargento!

—¿Habéis contactado con la base?

—¡La están atacando!

—¿Qué? —El sargento no pudo creerlo—. ¿Se han vuelto locos?

—¡Dicen que no es más que fuego de morteros, pero puede ser una trampa y no se atreven a salir!

—¡Maldita sea! —rezongó el oficial.

Damián estaba a su lado. Podía verle la cara de mala leche.

Oyeron el tableteo de la ametralladora del tercer vehículo del convoy. Por el momento era el único que parecía en pie.

Damián se dio cuenta de que, en ese momento, nadie le prestaba la menor atención.

Bastante tenía cada cual con asegurar su pellejo.

Sin saber cómo ni por qué, recordó las palabras de su madre: «¡Ay, hijo, que no quiero verte en un telediario retransmitiendo algo con muertos por la calle o balas pasando cerca de tu cabeza! ¿Qué madre soporta eso? ¡Y en directo por la tele!».

Le había dicho que él solo tomaba fotos, pero ni por esas.

Si lo viera ahora…

Fotos.

Tenía trabajo.

Tomó algunas instantáneas hasta que se le acabó el carrete, rebobinó el que ya había utilizado, lo protegió antes de guardarlo en su cápsula y colocó el siguiente.

Empezó a envolverlos una densa humareda.

Solo que no era humo.

—¡Niebla, eso nos favorece! ¡Sigamos!

Continuaron moviéndose en dirección al tercer vehículo, el único que seguía en pie porque la ametralladora Browning no dejaba de cribar la montaña rasgando el aire con su monocorde tableteo. Ellos ya no disparaban, pero seguían en una posición crítica, sobre un barranco, con el enemigo en la cresta de la montaña dominando el terreno.

—Hemos de llegar al pueblo —oyó decir a uno de los soldados—. Esos cabrones conocen bien esto y nos van a cazar uno a uno.

Parecían otros.

Ya no eran los bocazas de hacía un rato.

Ahora luchaban por su vida.

—¿Estás bien? —le preguntó uno a su lado.

—Sí —dijo Damián.

—Menudo estreno, ¿eh? —Le sonrió.

—Y que lo digas.

Le miró el nombre, cosido en el uniforme.

Artiach, solo eso.

Todos llevaban el nombre y ni siquiera se había molestado en identificarlos, porque con los equipos de combate apenas se les veía la cara.

La niebla los envolvió un poco más.

—Ten cuidado —le previno Artiach—. Tu chaleco de prensa no te salvará de una bala. Esos no hacen distinciones.

—Debajo llevo el antibalas —dijo Damián.

—Según el calibre, el impacto puede matarte igual, o dejarte hecho una mierda —replicó el soldado—. Y no digamos si te cae un mortero encima.

Damián tragó saliva.

—Venga, vamos. Pégate a mi culo —le ordenó Artiach.

Otra decena de metros.

Y, de pronto, el silencio.

Por los dos lados.

—¿Se habrán ido? —exclamó una voz.

—¡Cállate, Espinosa! —cuchicheó el sargento—. ¡Seguid, seguid!

La niebla se cerró sobre ellos.

Penetró en sus cuerpos.

Una niebla fría, helada.

Como un mal presagio.

Hasta que, inesperadamente, dejaron de tener frío porque se desató el infierno a su alrededor.

5

¿Cuánto tiempo había transcurrido?

¿Una hora? ¿Más? Miró el reloj, pero estaba roto.

Damián levantó la cabeza y desentumeció los músculos.

Luego se palpó el cuerpo.

Ninguna herida.

Pero ¿entonces…?

¿Una explosión?

¿Había saltado por los aires y en medio de la niebla los demás lo perdieron, creyendo que corría hacia el pueblo?

¿Qué?

Le dolía la cabeza. Recordaba vagamente el infierno de disparos, las explosiones, los gritos de los soldados o las órdenes del sargento. Estaba hundido en una especie de zanja, casi cubierto por plantas, ramas y arbustos. Por suerte, conservaba la cámara, menos mal que la llevaba siempre colgada al cuello. La Nikon valía más que su propia vida.

Intacta.

—Joder… —Intentó orientarse.

La neblina persistía, pero ya no era tan densa. Por lo menos veía a unos diez metros de distancia, aunque de igual manera el paisaje resultaba irreal, en blanco y negro. No pudo resistirse a tomar varias instantáneas. Incluso forzó un poco la película, para darle más grano.

Inútil gritar.

Si por allí había guerrilla, eran capaces de pegarle un tiro por mucho que llevara el chaleco que lo identificaba como miembro de la prensa.

Cada vez que oía hablar de los Tigres de Arkan, temblaba.

Pandilla de bestias asesinas.

Lo único que tenía claro era que debía subir. Tarde o temprano daría con la carretera. Una vez en ella, el pueblo quedaba a la izquierda, y también la base, a varios kilómetros. Dudaba que las tropas fueran a por él, y más sin vehículos, aunque solo dos del convoy resultaron dañados en el ataque. Si de pronto la zona se había vuelto conflictiva, y así parecía indicarlo el ataque a la base, podían pasar horas antes de que todo volviera a la calma, el ejército se reorganizara y controlara la situación.

Estaba solo.

Inexplicablemente solo.

Y en su primera misión como fotógrafo.

—¡Genial!

La tierra estaba húmeda. Bajar era más sencillo que subir. Cuando no metía una bota en un hueco lo hacía en el barro, y cuando no, eran sus manos las que resbalaban entre las piedras blancas que lo jalonaban todo. Despacio, metro a metro, acabó logrando su objetivo mientras notaba el frío que le penetraba milímetro a milímetro, primero a través de la piel, luego de la carne y finalmente se instalaba en los huesos.

La carretera estaba desierta, por lo menos lo que alcanzaba a ver a un lado y otro. Ni rastro de los dos vehículos dañados, que debían de estar más arriba. Tampoco se veían cuerpos. Si alguno de los soldados había caído, se lo habían llevado.

Echó a andar.

La visibilidad aumentó un poco más, pero no mucho. Ya veía a unos doce o quince metros de distancia, aunque en el límite de aquella frontera visual las formas seguían siendo imprecisas, fantasmales.

¿Y si se daba de bruces con alguien?

La carretera era lo más sencillo y seguro para moverse y caminar rápido, pero el riesgo resultaba mayor. Se metió en la cuneta de la derecha, junto a la montaña, y siguió avanzando por allí. Le costaba más, tropezó un par de veces, pero podía ocultarse entre la maleza en caso de peligro.

Fue una inspiración, porque a los diez minutos oyó el rugido de un motor y se lanzó de cabeza detrás de un arbusto.

Vio pasar un todoterreno.

Abarrotado de paramilitares.

Y los reconoció.

Uniformes oscuros, gorros de lana de color negro, botas militares, guantes negros con los dedos recortados, fusiles AK-47.

Los Tigres de Arkan.

Había leído lo suficiente sobre ellos y sobre los demás grupos que operaban paramilitarmente en la guerra. Los serbios Águilas Blancas, la Guardia Serbia de Voluntarios, las Fuerzas de Defensa Croatas, la Liga Patriótica Bosnia, los Boinas Verdes de Bosnia-Herzegovina... Todos apoyados por partidos nacionalistas. Pero la fama se la llevaban los Tigres de Arkan, serbiobosnios, crueles e implacables. Los había creado un singular personaje llamado así, Arkan, un rey de los bajos fondos de Belgrado que regentaba una cadena de heladerías a modo de tapadera, aunque en realidad se dedicaba al contrabando. La guerra le había dado la oportunidad de hacer «algo más». Antes de la contienda presidía un club de hinchas del Estrella Roja, el equipo de fútbol de la ciudad de Belgrado. En la guerra convirtió a esos mismos hinchas en sus Tigres.

Damián permaneció oculto mientras los veía pasar.

Iban al pueblo.

Cuando se quedó solo, no supo si seguir o no.

Acabó lamentando no haber tomado ninguna foto del paso del todoterreno lleno de paramilitares.

—Te vas a cagar de miedo —susurró.

No hubo un segundo vehículo, así que continuó caminando al cabo de unos minutos.

Pero el hecho de que paramilitares serbiobosnios camparan a sus anchas por allí, no hacía presagiar nada bueno. Más bien todo lo contrario.

Unos veinte minutos después, empezó a preguntarse a cuánto estaría el maldito pueblo. A la ida, parecía que acabasen de dejarlo atrás cuando fueron atacados.

Volvió a agacharse al oír disparos.

Lejanos.

¿Un kilómetro?

Su eco resonó por las montañas.

Ráfagas secas, continuas.

Y de vuelta al silencio.

¿Un combate? No lo parecía.

¿Los Tigres de Arkan estaban en el pueblo?

¿Y las tropas españolas?

Dejó de hacerse preguntas cuando le cayó la primera gota de lluvia.

—¡Oh, no! —Levantó la vista al cielo.

Le cayeron más.

Gotas gruesas como garbanzos, capaces de empaparlo en unos segundos.

Lo primero que hizo fue proteger la cámara.

Se la metió bajo el chaleco y, al ver que eso no era suficiente, se quitó la cazadora y la envolvió con ella. Mejor pillar una pulmonía que perder su herramienta de trabajo, por más que tuviera otra en la base.

Cinco minutos después la lluvia era un torrente implacable que, lo mismo que la niebla, le impedía ver nada más allá de unos pocos metros.

Tras un breve trecho, tiritando, vio las ruinas de una casa junto a la carretera y se precipitó hacia ellas para protegerse de lo que le estaba cayendo encima.

6

No supo cómo ni por qué, pero se adormiló.

En algún momento de las siguientes dos o tres horas, cerró los ojos, se abandonó y escapó de aquella antesala del horror para regresar en sueños hasta Barcelona.

Su casa, su habitación, su primera cámara, su deseo de ser fotógrafo y de recorrer el mundo con ella, como hacía Sebastião Salgado.

Un sueño dulce, como si la mente se evadiera con su mejor recuerdo.

Tan efímero…

Abrió los ojos de golpe, asustado por el silencio.

Porque, de pronto, el silencio era más ruidoso que las explosiones o los disparos.

Había dejado de llover, pero su ropa seguía estando húmeda. Por lo menos el hueco en las ruinas le había salvado de lo más duro del tempestuoso aguacero. Acurrucado sobre sí mismo, siempre protegiendo la Nikon, intentó desperezarse y apenas si lo consiguió, porque más que entumecido estaba agarrotado.

Estiró una pierna. La otra.

Le dolían las articulaciones.

Oxidado por dentro.

Hizo un esfuerzo y se puso en pie. No tenía ni idea de la hora que era y maldijo la rotura del reloj. Como si estuviera desnudo.

Pero, desde luego, por el inesperado rugido de su estómago y la sed que le sobrevino, dedujo que el momento de la comida había quedado atrás hacía mucho.

Y allí oscurecía pronto.

La idea de pasar la noche a la intemperie le atropelló la razón.

Volvió a la carretera y, también para agilizar las articulaciones, echó a correr, aunque de manera desgarbada, arriesgándose a ser descubierto. Por si acaso, se colocó bien el chaleco en el que se lo identificaba como miembro de la prensa internacional.

De nuevo pensó que se equivocaba, porque el maldito pueblo no aparecía ni por asomo. ¿Tanto se habían alejado de él por la mañana? Parecía imposible.

Al divisar las primeras casas, aminoró la marcha.

Una vez leyó que había varios tipos de silencio: el de un bebé dormido, el de un bosque al anochecer, el de los amantes mirándose calmados después de la turbulencia de los sentidos…

Tenía que añadir otro.

El de la muerte.

Porque allí, lo que se captaba era eso.

Frenó casi en seco y se apartó de la carretera para medio disimularse en la cuneta de la derecha, siempre la que daba a la montaña. Pensó que si entraba en el pueblo por allí, a la vista, tal vez corriese peligro. Se lo avisó el sexto sentido, y aunque le pareció asombroso, ridículo incluso, optó por tomar precauciones.

Se encaramó por la pendiente, utilizando las manos para sujetarse y asentando los pies antes de dar cada paso.

Cuando hubo ganado cierta altura, a unos cincuenta o sesenta metros del nivel de la carretera, volvió a moverse en dirección a los edificios. El primero con el que dio estaba en ruinas, y no precisamente por viejo. El impacto de balas y granadas se veía en las paredes. De la casa partía una pequeña senda que utilizó para acercarse más al pueblo. Otras dos casas aparecieron a la vista y, o estaban cerradas o vacías en ese momento.

Salvo que lo observaran por entre las grietas o una ventana.

Caminó unos metros, quince o veinte, hasta que se detuvo al escuchar los gemidos.

Alguien lloraba.

Y no era una sola persona, eran muchas.

No supo qué hacer. Aquello era una pesadilla y se iba metiendo más y más en ella. ¿Dónde estaban los soldados? ¿Por qué no mandaban a alguien desde la base? ¿Seguían atacándola? ¿Y si, por desgracia, había caído? ¿Era eso posible?

En una guerra, sí. Todo era posible.

Le entró la clase de sudor frío que provoca el miedo.

Llegó a un recodo del camino y, unos pasos más allá, vio que se bifurcaba. Una parte ascendía y la otra descendía. No supo qué hacer, pero la lógica lo obligó a tomar la senda descendente. Otra decena de metros y se encontró con una terracita, un mirador. Los llantos estaban cada vez más cerca. Surgían del otro lado.

Se asomó por el parapeto del mirador.

Y entonces lo vio.

Más abajo, en una especie de plaza.

El verdadero horror.

Los cuerpos alineados en el suelo eran nueve. No podía distinguirlos bien, pero daba la impresión de que todos eran hombres, la mayoría barbados. Las que lloraban a su alrededor, de pie o arrodilladas, sujetándose unas a otras, las mujeres. Ellas también parecían mayores, como si allí no hubiera niñas o jóvenes.

Esta vez reaccionó rápido.

Sacó la cámara y tomó una docena de rápidas fotografías desde lo alto. Luego cambió el objetivo, insertó un 200 y utilizó el *zoom* para captar mejor los detalles.

Su primera impresión había sido buena. Los muertos eran hombres, las mujeres eran mayores.

Una matanza.

Una más.

—Bienvenido a la guerra, segunda parte —masculló soltando aire.

¿Y ahora qué?

Se quedó sentado en el suelo, con la espalda apoyada en el muro de la terraza. La montaña subía ante sus ojos. No se veía un alma. Las casas, dispersas por entre los árboles, eran oscuras.

Tan oscuras como lo sería la noche que ya estaba allí, aunque probablemente no era ni media tarde.

¿Y los Tigres de Arkan?

¿Y las tropas españolas?

¿Lo habían dejado allí?

¿Qué estaba pasando?

Demasiadas preguntas. Y, encima, hambre y sed. La idea de bajar con las mujeres se le antojó irreal. Podían recibirlo como amigo o tomarlo como víctima de su represalia. Allí estaban de luto. Y no era por respetar el duelo: era por precaución. No dejaba de ser un extraño. Por la mañana, a plena luz, regresaría por la carretera, aunque tuviera que hacer a pie los muchos kilómetros que lo separaban de la base.

Buscó un lugar donde refugiarse. Estaba cansado. Harto.

Y volvió a los restos de la primera casa que había encontrado en el pueblo.

Nunca supo cómo, pero oculto en un rincón acabó durmiéndose de nuevo.

7

Despertó al alba, tan anquilosado como el día anterior, doblado sobre sí mismo y protegiendo la cámara con el cuerpo. Había llovido durante la noche, pero en ese momento en el cielo brillaba un sol radiante, único y espectacular. Incluso piaban los pájaros.

Salió al exterior de la casa en ruinas y todo le pareció irreal.

¿Cómo podía haber una guerra en un lugar tan hermoso?

Fuere como fuere, era hora de regresar al mundo.

Estaba harto de esconderse.

Una vez hubo recuperado la movilidad, caminó hasta el mirador desde donde, el día anterior, había visto los restos de la matanza. Se acercó despacio, se agachó al llegar al lugar, y lo primero que vio al asomarse, para su alivio, fue una tanqueta del ejército español.

El Séptimo de Caballería en versión patria.

Ya no había rastro de los nueve cadáveres, ni de las mujeres, ni de nadie. Solo la tanqueta. Se orientó para descender hasta ella y dirigió sus pasos hacia la izquierda de la terraza, de donde partían unas escalinatas labradas en la tierra. A medida que se acercaba, tuvo que dar un rodeo, ahora por la parte derecha. En línea recta, desde el mirador a la plaza, debía de haber unos cincuenta metros, pero haciendo zigzag por el pueblo caminó unos doscientos antes de ver a la primera persona.

Era un soldado español.

Estaba sentado en el suelo, con el casco a un lado y su arma al otro.

La cabeza entre las manos.

Lloraba.

Damián se detuvo.

La distancia no era excesiva y, utilizando el objetivo de 200 milímetros, podía incluso captar únicamente su cara, en primer plano.

«No fotografíes soldados llorando».

Pero ¿cómo no hacerlo?

Era una imagen poderosa, recortada contra la tierra oscura en un amanecer cargado de luz.

Se llevó la cámara al rostro.

Esperó.

El soldado seguía llorando. Pese a la distancia, veía cómo se rompía anímicamente en mil pedazos, cómo su pecho subía y bajaba al compás de aquel desgarro emocional. Las manos presionaban los ojos, se hundían en el cráneo.

Casi podía oírlo.

Tomó tres fotos.

Hasta que, inesperadamente, el soldado bajó las manos, levantó el rostro al cielo y sus facciones reflejaron todo el dolor y la emoción que sentía.

Aquella era la foto.

La tomó.

Rápido.

Justo antes de que su objetivo volviera a hundir la cara entre las manos.

Había fotografiado a un soldado llorando.

Quizá su mejor foto hasta el momento, pero, según el director de la agencia, impublicable.

Damián miró a su espalda, luego al frente. Tenía que seguir caminando, pasar por delante del soldado, preguntarle qué estaba pasando y cómo saldrían de allí.

Lo hizo.

Caminó despacio, haciendo ruido al andar para que notara su presencia y no se le ocurriera coger su rifle de asalto para pegarle un tiro. Cuando se hallaba a menos de diez metros, por fin el soldado levantó la cabeza.

A Damián le costó reconocerlo.

No lo consiguió del todo hasta ver el nombre en su uniforme.

Artiach.

El soldado continuó sentado.

—Hola —dijo Damián.

—Vaya. —Artiach pareció aliviado—. Te creíamos muerto. Me alegro de que nos equivocáramos.

—Me perdí —quiso justificarlo—. Entre el caos y la niebla…

—Claro.

—¿Vosotros…?

—Tuvimos una escaramuza. —El soldado se encogió de hombros.

—¿Víctimas?

—Sí.

—Joder…

Artiach mantuvo la calma.

Ninguna emoción.

Solo las huellas de sus lágrimas.

Un peso insoportable venciéndolo.

El civil era él. El soldado, el otro. Y aun así, Damián le preguntó:

—¿Puedo ayudarte?

Fue la mirada más triste que era capaz de recordar.

Triste y amarga.

—No. —Artiach suspiró—. No puedes.

No hubo más.

Cinco hombres salieron de la nada moviéndose como lo haría una patrulla inspeccionando el campo después de una batalla. Al verlos, Artiach se puso en pie y se colocó el casco. Un simple cabo iba al frente del grupo.

—¿Es el corresponsal? —soltó, haciendo la pregunta más obvia.

—Sí —asintió Damián.

—Vaya a la plaza. Nos vamos de aquí —dijo, dirigiéndose a Artiach—. ¿Y el resto del pelotón?

El soldado no dijo nada.

Nada.

—¿Estás bien? —El cabo frunció el ceño.

—Sí —mintió Artiach.

—Pues llévatelo de aquí, venga. La cosa está en calma, pero nunca se sabe.

—De acuerdo. —El soldado acató la orden.

No fue un camino fácil.

No lo fue porque, de pronto, era como si los dos cargaran con el dolor que le pesaba a Artiach. Damián intentó hacer alguna pregunta, pero no pudo. Le bastaba con ver el rostro de su compañero, la mirada hundida en el suelo, los ojos enrojecidos. El secreto de sus lágrimas nacía y moría en él.

Sin saber cómo, Damián se encontró en la plaza, junto a la tanqueta. En la carretera vio otros tres vehículos y más soldados.

Antes de que se diera cuenta, Artiach había desaparecido, camuflado entre ellos, como uno más, todos con el mismo uniforme, el mismo casco, el mismo aspecto de guerreros del nuevo mundo. Clones armados para una guerra sucia.

Aunque también clones humanos.

Capaces de llorar.

¿Por qué?

8

La base militar española era un enjambre de nervios.

Nervios contenidos; militar, castrense y valientemente aceptados. Para algo eran soldados.

Pero nervios en definitiva.

Al final, en el asalto al convoy, sí hubo víctimas: un muerto y tres heridos, uno de ellos grave. Los Tigres de Arkan habían asaltado el pueblo, atacado el convoy y lanzado granadas a la base desde el exterior. No se había producido ningún daño importante, pero los guerrilleros habían logrado su objetivo: inmovilizarlos. Los soldados del convoy habían acabado enfrentándose a los Tigres de Arkan, ahuyentándolos del pueblo.

Una escaramuza más.

Pero un muerto y tres heridos que registrar.

Datos para la estadística de la presencia española en la antigua Yugoslavia.

Damián se imaginó la repatriación del muerto y del herido grave, la recepción en la base militar de Madrid a la que llegasen, las palabras de los generales, la posible presencia del rey o la reina, el ministro de Defensa, las familias, la música militar, las condecoraciones a título póstumo.

Medallas inútiles.

Era extraño. Quería ser corresponsal de guerra y en el fondo aborrecía las armas, los uniformes, los conceptos totalitarios como «Dios», «Patria», «Honor»...

Amaba su trabajo, pero no el entorno.

Incluso hizo una pregunta que no tuvo respuesta:

—¿Cuántos civiles murieron en el pueblo?

—Ni idea —le respondieron.

—Yo vi nueve cadáveres —dijo.

El oficial se lo quedó mirando.

Nueve o noventa, ¿qué más daba?

Damián se convirtió en una isla. Cuanto menos preguntara, mejor. Por suerte se encontró con Goran.

—¡Eres bien! —El intérprete lo abrazó como si fueran amigos de toda la vida.

—Claro.

—¿Qué te pasó?

Se lo contó, incluida la imagen de los nueve muertos.

Para Goran era distinto.

—Los Tigres de Arkan son mala gente. Llegan, matan, se van. —Hizo un gesto de asco—. Otros también malos, pero ellos, peores. Atacan aquí y allá.

—Se supone que estamos aquí para proteger a esas personas —comentó Damián.

—Si se dejan —le advirtió Goran.

—Voy a revelar las fotos que tomé. —Damián intentó seguir su camino.

—¿Buenas?

—No lo sé. Espero que sí.

—¿Ayudo?

—No, gracias. Es cosa mía. Te busco luego.

—Bien. —El intérprete le sonrió—. Yo soy aquí, ¿sí?

Ya había improvisado su cuarto oscuro para revelar las fotografías en blanco y negro. Tardó muy poco, porque tampoco eran tantas. Las de los paisajes neblinosos eran muy buenas; las de los muertos, las mujeres y sus detalles tomados con *zoom*, espectaculares.

Pero la del soldado llorando…

Se la quedó mirando.

Una foto de premio.

Una foto que lo decía todo.

Una foto que nadie vería jamás, por lo menos en un periódico, aunque si un día publicaba un libro o hacía una exposición…

Sueños.

Damián se la quedó mirando mucho rato.

La expresión de Artiach con el rostro levantado al cielo, la suciedad y el sudor tintando de sombras los huecos o promontorios de su cara; la barba de dos días perfectamente visible, de manera que hasta podían contarse los pelos, lo mismo que el cabello, revuelto, nítido; y muy especialmente los ojos, húmedos, hundidos, con las lágrimas cayendo por las mejillas…

Acabó tomando la foto y salió de su habitación.

Tuvo que preguntar dos veces, porque no quería pasar por la comandancia.

—¿Artiach?

—¿Carlos? —dijo el tercero al que asaltó—. Sí, en el cinco.

La base no era una ciudad, pero casi. Llegó al barracón cinco y se metió en él. No era muy distinto a lo que se veía en las películas. Camas a ambos lados y poco más.

Primero creyó que estaba vacío.

Luego los vio, en el otro extremo.

No se dio cuenta de que allí estaba pasando algo malo hasta que se acercó y ellos se percataron de su presencia.

Carlos Artiach estaba arrinconado contra la pared. Lo sujetaban dos de los cuatro hombres que tenía delante. Los otros dos parecían amenazarlo o, incluso, estar a punto de golpearlo. Todos volvieron la cabeza al notar que no estaba solos.

Dejaron de sujetar al acorralado.

Damián reconoció a los cuatro. Un cabo y tres soldados que iban en el mismo transporte del primer día, con Artiach y con él.

No supo qué hacer.

Hasta que los cuatro se apartaron y leyó sus nombres en los uniformes.

Portas, Sotomayor y Espinosa, los soldados. Murillo, el cabo.

—¿Qué quieres? —preguntó este último.

—Hablar con él. —Señaló a Artiach.

Se produjo un silencio incómodo.

Rostros inexpresivos.

—Quiero darte una foto —aclaró Damián mirando a Artiach.

Se apartaron a los tres segundos. Murillo parecía el jefe, y no solo por tener una graduación más que el resto. Carlos Artiach abandonó el hueco de la pared en el que lo tenían acorralado y caminó hacia el visitante.

Se alejaron unos metros.

Damián los observó de reojo.

Lo que vio en sus ojos fue algo más que odio o rabia.

Fue violencia.

Pura y simple violencia.

—¿Qué está pasando aquí? —le preguntó a su compañero en voz baja.

—Nada, no te metas —le previno Artiach.

—Pero…

—Dame esa foto, ¿quieres? —lo interrumpió el soldado.

Damián se la entregó.

Carlos Artiach la observó detenidamente.

Era él, pero probablemente no se reconocía. Un hombre idéntico a él llorando con el rostro levantado al cielo. Señal de impotencia y desolación. Una imagen captada horas antes y, de pronto, surgida de un pasado que tal vez pareciese lejano y perdido en un recodo de la vida.

—Es muy buena —acabó asintiendo.

—No puedo publicarla, así que he pensado que, a lo mejor, te gustaría tenerla, aunque aparezcas llorando.

—¿Por qué no puedes publicarla? —preguntó, obviando el comentario final.

—Pues por eso mismo, porque estás llorando.

—¿No quieren que nos vean como a seres humanos? —dijo, asombrado.

—Algo así.

El soldado volvió a mirarla y luego se la guardó en un bolsillo del uniforme, para no tenerla en la mano a la vista de los otros.

Murillo, Sotomayor, Portas y Espinosa seguían observándolos desde una distancia no tan corta como para oírlos, pero tampoco tan larga como para no verse las caras unos a otros.

Damián se sintió muy incómodo.

La violencia ahora iba contra él.

—¿De verdad no puedo...?

—No —lo cortó Artiach—. Es mejor que te vayas.

—Pero iban a pegarte o... No sé, parecía...

—Esto es el ejército, amigo. —Le sonrió con profundo dolor—. Lo que pasa aquí, se queda aquí. O eso dicen.

—De acuerdo —respondió, resignado.

—Gracias por la foto. No es el mejor recuerdo, pero sí, es muy buena, y vale la pena.

Se estrecharon la mano.

Y eso fue todo.

Mientras caminaba en dirección a la salida del barracón número cinco, Damián sintió las miradas de todos hundidas en su espalda.

En el caso de los cuatro presuntos agresores de Carlos Artiach, eran como puñales.

9

Los dos días siguientes fueron de relativa calma.

Pero las noticias eran malas.

Tropas serbias y grupos paramilitares como los Tigres de Arkan estaban dando sus últimos golpes, rápidos y sangrientos, por si la paz acababa imponiéndose de una maldita vez. El término «limpieza étnica» era el más utilizado. No se trataba de combatir contra soldados, en una batalla clásica de una guerra clásica. Se trataba de matar a civiles, y a cuantos más mejor. Si llegaba la paz, que los bosnios fueran los menos posibles.

Porque la paz de hoy no era sino una tregua para la nueva guerra del mañana.

Todos lo sabían.

Damián salió dos veces de la base: una con una patrulla para hacer una inspección rutinaria por los alrededores y otra para acompañar a las tropas en una posible acción militar que, finalmente, se quedó en nada, porque los informes eran falsos, o inexactos, y no encontraron su objetivo.

En ninguno de los dos casos coincidió con Carlos Artiach y sus cuatro compañeros de pelotón.

Hizo algunas averiguaciones, aunque no muchas. El cabo Murillo se llamaba Ismael, mientras que los nombres completos de los soldados eran Vicente Espinosa, Genaro Sotomayor y Amadeo

Portas. Todos eran, como Artiach, soldados que estaban allí porque les tocaba estar, y punto. Ninguno se había significado en nada ni acreditaba un historial militar lleno de honores o menciones. La graduación de Murillo se debía a que llevaba más tiempo que los demás. En el fondo, todos querían largarse de Bosnia-Herzegovina, volver a España, a ser posible de una pieza, y seguir con la vida en casa.

Las fotos empezaban a tomar forma.

Eran mejores.

Aunque no tuvieran la contundencia de Artiach llorando o la fuerza de los muertos y sus mujeres.

Finalmente, al tercer día, las cosas cambiaron.

Fue Goran quien se lo dijo.

—Hay misión, al sur. Buenas fotos. ¿Vas?

Y fue, claro.

Misión. Al sur. Era un civil, así que no le pasaban más información de la necesaria. Pero se sorprendió al ver el número de fuerzas de combate que iban a emplearse.

Entre ellas, el pelotón del sargento Sánchez y el cabo Ismael Murillo, con Carlos Artiach, Vicente Espinosa, Genaro Sotomayor y Amadeo Portas, entre otros.

Damián cargó la cámara, cogió los dos objetivos y se dispuso a formar parte de la expedición.

El sargento fue el primero en advertirle:

—Esto va en serio, corresponsal. —Movió el dedo índice de la mano derecha por delante de la cara de Damián—. El otro día fue inesperado, pero hoy vamos a darles caña. Protéjase, no se haga el héroe, y no le pasará nada.

—De acuerdo, señor.

—Péguese a un soldado, por si acaso.

—Sería una molestia para él —replicó Damián.

Pero el sargento ya no dijo nada más. Tenía otras cosas de las que preocuparse.

Y lo hizo.

Salieron en varios transportes, al amanecer, con la habitual protección de vehículos blindados, armados con ametralladoras, y un carro de combate cerrando filas. No le tocó el camión de Artiach y los demás. Se colocó bien el chaleco que lo identificaba como miembro del Cuarto Poder y se puso un casco en el que también estaba pintada la palabra «*press*». Pensó que habría estado más protegido con uno en el que se leyera la palabra «ONU» sobre un fondo azul.

Por el sur los caminos no eran mejores que otros. Carreteras estrechas y serpenteantes, desfiladeros angostos, montañas quebradas, riscos, piedras blancas emergiendo entre frondas densamente pobladas de árboles y la sensación climática de que nada podía durar más de unos minutos. Subieron, bajaron y dejaron atrás un pueblo antes de detenerse durante media hora en otro. Los oficiales al mando hablaron allí con los moradores y Damián aprovechó para estirar las piernas y hacer algunas fotos.

Por todas partes, mujeres ancianas, mayores. Ningún hombre. Ninguna joven.

A veces, veía ojos furtivos a través de una ventana.

Ojos que desaparecían de inmediato cuando él los descubría o trataba de hacer una fotografía.

No quería arriesgarse, pero lo hizo.

Se internó por una callejuela, cámara en ristre, escuchando el rumor de sus botas sobre las losas del empedrado. El ruido incluso rebotaba en las paredes, dada la angostura de la vía.

Hasta que tropezó con ella.

Una joven, una niña de unos quince años, cubierta con un pañuelo, falda larga. Cargaba un hato de leña.

Los dos se quedaron mirándose.

Damián le sonrió.

Ella solo abrió los ojos.

Inesperadamente, le dijo algo en su idioma mientras juntaba las manos como si le estuviera suplicando.

Damián no tuvo tiempo de responder.

De pronto, por la puerta más próxima, apareció la figura de un anciano de gesto iracundo y tono feroz.

La llamó.

Algo parecido a Dasha, o Thasa, o…

La niña se estremeció por el susto, escondió las manos, se aferró al hato de leña, bajó la cabeza y echó a correr en dirección a la casa.

La puerta se cerró tras ella.

Los gritos del hombre no desaparecieron.

Damián regresó a la zona en la que se habían detenido al llegar, lamentando no haberle tomado una foto a la inesperada muchacha, y por primera vez vio a Artiach.

No se encontraba solo.

Tenía a Murillo a un lado y a Espinosa al otro.

Los otros dos no andaban lejos. Estaban allí, a unos pocos pasos.

Las miradas de Carlos Artiach y de Damián se encontraron por primera vez desde el día en que le había dado la fotografía.

En esa imagen, Artiach lloraba.

Ahora, sus ojos reflejaban miedo.

Fue en ese instante cuando Damián supo, de manera clara, sin que le quedara el menor margen de duda, que sucedía algo.

Algo oscuro y peligroso.

Algo que tenía que ver con las lágrimas de Carlos Artiach aquella mañana.

Se apartó del grupo, colocó el objetivo de 200 milímetros en la cámara, buscó una posición favorable y, cuando la encontró, amparado por una esquina de la plaza, enfocó a los cuatro hombres.

Les tomó varias fotos, uno a uno.

Regresaron a los vehículos y rodaron otra hora más. No hicieron demasiados kilómetros. La carretera se convirtió en una senda por la que difícilmente podían moverse, y menos con un carro de combate. Lo único que oyó Damián fue:

—Creo que los han visto por aquí. Va a haber movimiento.

Los Tigres de Arkan.

Movimiento significaba una acción bélica.

Se preparó.

El siguiente pueblo parecía abandonado. Los vehículos se detuvieron en la maltrecha carretera, llena de baches y socavones. Bajaron todos y los soldados empezaron a inspeccionar las ruinosas casas. Unos entraban y otros hacían la cobertura. Lo único que se oía era el sonido de las voces de mando, las órdenes secas y precisas que dirigían la operación.

Damián no dejaba de tomar fotos. Cargó la cámara con un tercer carrete.

De pronto, oyó una voz a su espalda.

Como un viento suave que se deslizara de manera imperceptible.

—He de hablar contigo, por favor...

Iba a volver la cabeza.

No fue necesario.

Sabía que era Carlos Artiach.

Y lo corroboró cuando Ismael Murillo apareció por delante y Artiach se esfumó, dejando el vacío a su espalda.

Damián se enfrentó a los ojos del cabo.

En el momento en que vio la muerte en ellos, la explosión los sacudió y los envolvió a todos.

El infierno se abrió bajo sus pies.

10

La primera granada, obús, lo que fuera, impactó en la plaza.

La segunda, muy cerca de donde se encontraban en ese momento ellos dos.

Damián cayó al suelo, sacudido por el estallido, siempre con el instinto de proteger la cámara. Cuando levantó la cabeza, Murillo ya no estaba allí. Se revolvió sobre sí mismo sin ver a nadie mientras los siguientes proyectiles masacraban el pueblo abandonado.

Todo se llenó de gritos.

Disparos.

—¡Arriba!

—¡Dispersaos!

—¡Localizadlos!

—¡No entréis en las casas! ¡Están minadas!

—¡Cuidado!

Carlos Artiach le había hablado por detrás.

Lo buscó.

En medio del caos, tanto daba ir a un lado como a otro, pero pensó que estando con él se sentiría más seguro.

Y, además, quería hablarle.

Contarle algo.

Probablemente la causa de sus lágrimas aquel día.

Una nueva granada reventó una casa y las piedras de sus muros salieron despedidas por todos lados. Damián se protegió la cabeza, cubriéndosela con las manos. Le cayeron cascotes de todos los tamaños, aunque ninguno lo bastante grande como para hacerle daño de verdad.

Los corresponsales solían actuar en retaguardia, pero él se encontraba metido en su segunda refriega en apenas unos días. ¿Suerte o destino?

Boca abajo, gateó con los codos para alejarse de allí.

—¡Artiach! —llamó.

Tenía que haberse ido por aquella callejuela.

Se incorporó un poco.

Luego echó a correr.

La callejuela desembocaba en el bosque. Al ver los árboles no supo muy bien qué hacer. ¿Y si se metía en la boca del lobo? ¿Y si se topaba de bruces con los Tigres de Arkan? Antes de que pudiera abrir la boca ya se la habrían cerrado de un tiro.

El polvo y la nube de las explosiones empezaron a envolverlo.

—¡Artiach, soy yo, Damián Roca, el fotógrafo!

La parte final de sus palabras se la llevó otra explosión.

Miró hacia atrás. La guerrilla serbia estaba volando el pueblo. Los soldados españoles trataban de contraatacar desde sus posiciones, porque se oían sus disparos.

Volvía a estar solo.

—¡Maldita sea! —rezongó por lo bajo.

Llegó a la última casa y justo en la esquina vio el cuerpo.

Boca abajo.

Sabía quién era antes de arrodillarse para darle la vuelta.

Carlos Artiach tenía un disparo en la cabeza y otro en el cuello. Este último se había llevado parte de él.

Dos disparos precisos.

Donde ningún chaleco antibalas podía protegerlo.

Pensó en gritar, llamando a los sanitarios, pero comprendió que era inútil, porque el soldado estaba ya muerto y si llamaba la atención el siguiente podía ser él.

Le tomó tres fotos.

Puro instinto.

No hizo más porque en ese momento sonó un chasquido y al mismo tiempo sintió una quemazón en el brazo izquierdo.

Incluso tardó en comprender que acababan de herirlo.

—¡Me cagüen…! —gimió.

Se dejó caer hacia atrás.

Se pegó a la pared.

Inútil.

Ismael Murillo caminaba en su dirección, surgiendo como un fantasma por entre la polvareda y el humo.

Llevaba dos armas.

Una, la reglamentaria, la del ejército, su rifle de asalto, colgada del hombro.

Otra, en la mano, una pistola inusual, ajena, probablemente serbia, aunque no sabía mucho de esas cosas.

Damián pegó la espalda a la pared. La quemazón del brazo le alcanzó el cerebro. Allí se unió al pánico por la inminencia de la muerte.

El cabo se detuvo a unos tres metros.

No dijo nada.

Levantó la mano armada y le apuntó a la cabeza.

Casi como en sueños, lo último que supo Damián fue que una explosión más sacudió la tierra. Y al mismo tiempo acertó a ver a Ismael Murillo roto, destrozado, volando por los aires, mientras él recibía de lleno la onda expansiva y perdía el conocimiento al empotrarse contra la pared igual que si fuera a fundirse con ella.

11

Le dolía la cabeza.

Le dolía el brazo.

Le dolía el alma.

No supo con qué quedarse y abrió los ojos.

Lo primero que vio fue el techo. De madera. El techo de un barracón en la base militar española.

Lo segundo, el gota a gota que dejaba caer suero hasta la cánula insertada en el dorso de la mano.

Lo tercero, que no estaba solo.

En las restantes camas del hospital, los heridos se curaban en silencio.

Miró a derecha e izquierda.

Cabezas vendadas, torsos vendados, brazos o piernas en alto, restos de la batalla convertidos en supervivencia, pero también en dolor.

El dolor que sintió, convertido en punzada, al recordar el disparo en el brazo izquierdo.

Lo tenía allí, en su sitio.

Damián tuvo ganas de llorar.

Estaba seguro de haber soñado que se lo arrancaban.

Tal vez mientras lo operaban.

Se llevó la mano libre a la cabeza y no se sorprendió de encontrársela tan vendada como la de algunos de los demás soldados. El impacto de su cuerpo contra la pared a causa de la explosión tuvo que ser…

La explosión.

Ismael Murillo por los aires.

Carlos Artiach muerto.

Asesinado.

—¡Aquí! —gritó de pronto.

No tuvo que repetirlo. Un enfermero apareció a la carrera movido por la posible alarma. Se tranquilizó al ver que se trataba de él.

Lo demostró con una sonrisa.

—Vaya —dijo—. Bienvenido.

Damián se lo quedó mirando, asustado.

—¿Qué ha pasado? —preguntó.

—Tranquilo. —El enfermero le cogió la muñeca derecha y, maquinalmente, le tomó el pulso—. ¿Te duele?

¿Le dolía?

¡Coño, sí, qué pregunta!

—Claro que me duele —protestó.

—Cuando no puedas soportarlo, me lo dices y te daré otro calmante.

—¿Cómo que hasta que no pueda soportarlo?

—No vamos a convertirte en un zombi, ¿verdad? Tú tranquilo, descansa que mañana te vas para España.

—¿Ah, sí? —No podía creerlo.

—No vas a quedarte aquí con un brazo inutilizado —explicó el enfermero.

—¿Es que se ha complicado la cosa?

—Eso también, pero te mandan a casa por tu herida, nada más.

—¿Y el ataque?

—Nos jodieron un poco. —Movió la mano para abarcar a los demás heridos—. Pero les dimos una buena también nosotros.

—¿Muertos?

—Muertos solo tres.

—¿Y el soldado Carlos Artiach?

—Sí, era uno de ellos —manifestó el enfermero—. ¿Estabas cerca?

En efecto.

Tan cerca que había visto a su asesino.

—¿Puedes avisar al capitán Gómez?

—Poder, puedo, pero está bastante liado, ¿sabes?

—Por favor.

—Se lo diré, pero ahora descansa, ¿quieres? Si te duele, me llamas. Y quédate en cama, por precaución.

—¡Oye…!

El enfermero se alejó por entre las dos filas de camas.

Heridos en combate, todos con sus problemas, su dolor, su necesidad de hablar con alguien y no estar solos.

Damián tragó saliva.

Ismael Murillo había asesinado a Carlos Artiach, empleando una pistola no española, para que pasara como una acción de combate. Un héroe nacional caído en la batalla.

¿Y los otros tres?

Miró la puerta del barracón como si pudieran estar allí, esperando para rematar la faena.

Ya no volvió a cerrar los ojos ni intentó dormir. Era por la mañana. Si al día siguiente regresaban a España, lo harían tanto los tres cadáveres de los soldados muertos como los heridos que estuvieran en condiciones de hacer el viaje en avión.

¿Por qué habían matado a Artiach?

¿Por qué?

¿Qué secreto se había llevado a la tumba?

Y, sobre todo, ¿lo habían matado porque iba a contarle algo a él?

—Es evidente —murmuró abatido, y suspiró.

Contarle algo a un periodista era una bomba.

Pese a lo que había dicho el enfermero, el capitán Ernesto Gómez fue a visitarlos a primera hora de la tarde, después de la comida. Primero habló con algunos de los soldados, les dio ánimos y se interesó por cada uno ellos. Cuando le tocó el turno a él, Damián se dio cuenta de que ni siquiera sabía cómo enfrentarse a los hechos, a la verdad.

¿Un soldado español asesinando a otro en plena batalla?

El oficial fue el primero en hablar.

—¿Cómo se encuentra?

—Aturdido.

—Piense que, dentro de la mala suerte de verse involucrado en dos operaciones bélicas en tan poco tiempo, la fortuna le sonrió en lo más importante: seguir con vida —expuso sin rodeos—. Por lo que me han dicho, le fue de un pelo. Esa explosión mató al cabo Murillo. Pudo ser usted.

Pudo ser él.

Pero muerto a manos de Murillo y con una bala serbia en la cabeza.

—Señor…

—Mire, esto se ha puesto difícil —dijo, interrumpiendo su vacilación—. No ha venido en el mejor de los momentos. Espero que haya tomado algunas fotografías.

—¿Y mi cámara? —preguntó, pensando en ella por primera vez.

—La llevaba colgada al cuello, así que tranquilo. La trajimos con usted. ¿Vio morir al soldado Artiach y al cabo Murillo?

La pregunta lo pilló de improviso.

¿Qué podía decir?

—Vi saltar por los aires a Murillo, sí —confesó—. Artiach ya estaba muerto.

—Tuvieron que dispararle de cerca. —El capitán hizo un gesto amargo—. Una pena. El soldado Granados también recibió metralla en plena cara.

El tercer muerto.

Quizá el único inocente.

—Señor… —repitió Damián.

—¿Sí?

No pudo decirlo.

¿Quién iba a creerle?

¿Un soldado matando a otro? Y además, el asesino estaba muerto. ¿Iban a echar mierda sobre un caído por la Patria? Les convenían héroes, no asesinos y víctimas.

Sin pruebas, sin argumentos, sin nada, dirían que estaba loco o que sufría alucinaciones a causa del impacto de la explosión.

Damián se vino abajo.

Quería volver a casa, a Barcelona.

Todo pasó muy rápido por su dolorida cabeza.

—No, nada —dijo, rindiéndose.

—Venga. —El capitán se despidió señalándole el brazo—. Tendrá un hermoso recuerdo de su estancia aquí. Y a las chicas les gustan las heridas de guerra, se lo digo yo, que me casé con una enfermera. —Le guiñó un ojo—. Aunque no es grave; siga en cama, descanse. Mañana lo veo antes de que suba a ese avión.

—Gracias, señor.

Lo vio alejarse y se quedó nuevamente solo.

¿Era un cobarde?

¿Había hecho lo que cualquier otro, sobrevivir, largarse de allí cuanto antes?

Nunca sabría qué había querido contarle Artiach, ni por qué lo había matado Murillo.

Nunca sabría por qué había llorado aquella mañana.

Nunca.

Y él estaba vivo de milagro, porque una granada serbia le había hecho el favor de acabar con el hombre que iba a descerrajarle un tiro en la cabeza.

—¡Dios mío…! —exhaló tocando fondo antes de cerrar los ojos y rendirse.

12

Por la mañana recibió la visita de Goran.

No había podido hablar mucho con él, y lo lamentaba. Era un buen tipo, afable y comunicativo. Sin duda le habría contado muchas cosas que ignoraba, del país, de la gente, de la guerra... Estaba triste.

—¿Vas ya?

—Me temo que sí, dentro de un rato.

—Pena, ¿sí?

—Me habría gustado quedarme más.

—Mala suerte.

—Mucha —asintió Damián.

¿Le contaba a él el suceso?

¿Le cargaba sobre los hombros una incómoda verdad?

No, era absurdo.

Sin embargo, recordó algo más.

—Goran —dijo, haciendo memoria—. En un pueblo me tropecé con una chica de unos quince años y me dijo algo juntando las manos, como si me suplicara... Algo así como... —Cerró los ojos para recuperar el sonido de aquella voz y repitió más o menos las breves palabras.

—¿Dijo así? ¿Estás seguro? —El intérprete se puso serio.

—Más o menos, sí.

—Entonces pedía sacarla de allí —explicó.

—¿En serio?

—Parece que sí.

—Pero si era una cría, y además la llamó un anciano nada más ver que hablaba conmigo.

Goran se encogió de hombros.

Damián sintió un nudo en el estómago.

Antes de que siguieran hablando, vieron al médico avanzando en su dirección. El hombre, bata blanca con galones de teniente, se detuvo junto a la cama, al otro lado de donde se hallaba Goran. Llevaba algo en la mano.

—He pensado que le gustaría llevarse esto como recuerdo. —Se lo entregó.

Era una bala.

Damián comprendió que era la misma bala que le habían extraído del brazo.

—La llevaré como amuleto, sí —dijo, queriendo bromear sin mucho éxito.

—Muchos lo hacen —le advirtió el hombre—. Dé gracias a Dios de que fuera un arma de pequeño calibre, probablemente una Crvena Zastava M57, incluso quizá la M70. Otro tipo de arma o de munición y tal vez incluso le habría arrancado el brazo, o se lo habría dejado tan mal que difícilmente habría podido volver a usarlo.

—Gracias, señor. —Cerró la mano con la bala oculta en la palma.

—Suerte, y ojalá esto acabe antes de que esté bien y pueda volver, aunque si lo hace..., aquí estaremos. —El médico se despidió con una última sonrisa.

Volvieron a quedarse solos.

—¿Me dejas ver bala? —le pidió Goran.

Se la pasó.

El examen fue rápido.

—Difícil creer que esto estaba en ti, ¿sí?

—Un poco. Goran…

—¿Qué? —lo alentó al ver que se detenía.

—Si supieras algo… algo grave e importante acerca de alguien, aquí, pero no pudieras probarlo y, encima, ni siquiera supieras los motivos, el porqué, nada que diera un poco de luz al hecho… ¿Qué harías?

—¿Aquí? ¿Dices al ejército?

—Sí.

La respuesta de su amigo fue rápida.

—Nada.

—¿Nada?

—Nada. ¿Sabes algo pero no sabes qué, no puedes resolver sin preguntar, no puedes probar cosa? —Negó con la cabeza—. Nada. Mejor callas —añadió, aún más categórico—. No soy militar, pero ayudo ejército desde hace dos años. Buena comida, yo seguro, es lo importante. Ejército es compartimento estanco, ¿sí? Cuerpo cerrado. Lo que pasa aquí, queda aquí. Militares protegen unos a otros. —Lo miró fijamente—. ¿Lo que sabes afecta soldados?

—Sí.

—Vuelve a casa —le recomendó Goran muy serio—. Olvida. Sin problemas, vida mejor.

Sin problemas.

Vida mejor.

El asesino de Carlos Artiach estaba tan muerto como él.

Pero quedaban los otros tres.

¿Y qué?

Espinosa, Sotomayor y Portas nunca hablarían.

Fuera lo que fuera lo que ocultaban.

—Gracias, Goran —murmuró, rindiéndose.

Aunque se preguntó si su conciencia, al día siguiente, al otro, en las semanas, meses o años venideros, se lo perdonaría.

—He apuntado aquí datos míos. —El intérprete le entregó un papel escrito a mano—. Un día habrá paz y espero vuelves. —La sonrisa fue confiada—. Mira, nombres y dirección de padres, teléfono… Ellos saben y encuentran.

Las señas eran de Sarajevo.

«Un día habrá paz y espero vuelvas».

Damián estaba seguro de que jamás regresaría.

Jamás.

—Lo haré, descuida. —Guardó el papel con la bala que acababa de entregarle el médico.

—Tengo que ir. —El intérprete se puso en pie.

—Otra vez gracias.

—A ti, corresponsal.

Le estrechó la mano libre, sin apretársela, y luego lo dejó solo.

Solo con los demás heridos, algunos de los cuales también se preparaban para ser evacuados en el avión militar que debía llevarlos de regreso a España.

La espera fue larga. Incluso tensa. Pero a media mañana, por fin, aparecieron algunos soldados encargados de transportar las camillas de los heridos más graves, los que no podían valerse por sí mismos. A él le tocó andar. Débil, sí. Inútil, no. Salió del hospital ayudado por uno de ellos y caminó hacia el helicóptero que debía conducirlos hasta el avión de carga en el que harían el viaje final.

Miró la base por última vez.

Y entonces los vio.

A los tres.

Amadeo Portas, Genaro Sotomayor y Vicente Espinosa.

Estaban juntos, apoyados en la pared de un barracón y, pese a la distancia, incluso a la postura indolente, intuyó la dureza de sus ojos, el sesgo pétreo de la mirada clavada en él.

El odio.

—¿Qué hicisteis, cabrones? —les preguntó Damián.

La pregunta murió en el aire.

En otro helicóptero se cargaban los tres ataúdes.

Artiach y su asesino viajando juntos.

Se olvidó de los honores militares y se sentó en el lugar que le indicaron.

Cuando, no mucho después, el helicóptero alzó el vuelo, Damián volvió a mirar hacia el lugar en el que acababa de sorprender a los tres compañeros de los caídos.

Seguían allí.

Inmóviles.

Como para asegurarse de que se iba.

13

Antes de subir al avión militar, recuperó la cámara de su equipaje. Gracias a ello, aunque fuese con una sola mano, pudo tomar sus últimas fotos, el embarco de los tres féretros en primer lugar, la subida de los heridos a continuación. La parafernalia militar organizada en torno al regreso de los héroes caídos convertida en solemne ritual cargado de simbolismos. Después de la primera escaramuza en la que se había visto implicado, recordó lo que había pensado sobre el regreso de los soldados muertos a España, la solemne recepción en la base de Madrid a la que llegaran, quizá Cuatro Vientos, quizá el mismo Barajas. Y la presencia de autoridades de rostros graves, militares de facciones severas, el eterno clero peleando por cada alma, las familias destrozadas, la espantosa música militar, las banderas, los discursos...

Esa vez asistiría en primera fila. Sería un testigo de excepción. Lo que en tantas ocasiones se ofrecía por televisión, lo vería en directo con sus propios ojos.

Se colgó la cámara al cuello y tomó asiento en uno de los laterales del transporte. El avión era panzudo, de carga. En él cabían tanques y camiones. De regreso solo llevaba lo que ya no era útil.

Ellos.

Los tres ataúdes, cubiertos con la bandera española, quedaban cerca de la cabina de los pilotos. El resto, los vivos, viajaban sentados más hacia la cola. Algunos de los heridos preferían no mirar hacia los tres bultos. Otros tenían los ojos clavados en ellos. Damián se dio cuenta de un detalle esencial: sin los uniformes y los equipos de combate que les conferían aspecto de pequeños Rambos a la española, no eran más que jóvenes veinteañeros bastante parecidos entre sí. Altos, musculosos, atléticos, preparados, pero simples jóvenes cuyas vidas habían sido cambiadas por un simple azar. La diferencia entre los muertos y los vivos casi siempre dependía de eso: del azar. Una bala desviada un milímetro significaba la muerte o la vida, incluso quedar paralítico para siempre o no pasar del susto, y lo mismo una esquirla de metralla, una mina o una bomba caída con una diferencia de un metro.

Damián se dio cuenta de algo.

Ni siquiera sabía cuál de los tres ataúdes era el de Carlos Artiach.

El transporte aéreo cerró las compuertas.

—Espero no volver nunca más —dijo un soldado rompiendo el silencio interior, porque el ronquido de los motores llenaba el aire de manera atronadora.

—Y yo —dijo otro.

Fue como si se liberaran.

—La madre que los parió…

—Y que lo digas. Hijos de puta…

—Se suponía que veníamos a ayudarlos, no a pelear.

—Díselo a esos. —Uno de los soldados señaló los féretros.

—Misión humanitaria de los cojones… —masculló otro.

El avión enfiló la pista, rodó para cobrar impulso y a los pocos segundos se elevó.

No había ventanillas, así que Damián no pudo despedirse de Bosnia ni ver la tierra alejándose poco a poco, hasta desaparecer engullida por las nubes.

Los soldados siguieron hablando a ráfagas.

—¿Los conocías? —preguntó el primer soldado que había hablado, dirigiéndose a uno de sus compañeros sentado frente a él.

—Al cabo, sí —respondió.

—Murillo, ¿verdad?

—Muerto o no, era un cabrón, una mala bestia —declaró, escupiendo cada palabra.

—Pero no merecía morir así, digo yo —intervino un tercer soldado.

—Se ve que no andabas con él —insistió el que acababa de llamar cabrón a Ismael Murillo—. Se metía con todo el mundo, como si fuera Dios sabe qué. Si advertía el menor signo de debilidad en uno, iba a por él, lo machacaba. Una vez yo mismo vi que agarraba a un chaval recién llegado y le hundía la cara en la mierda. Él y su grupito…

Damián tragó saliva.

Abrió la boca, pero la cerró de inmediato.

No era uno de ellos. Era un periodista, un simple corresponsal de guerra. De hecho ni lo miraban.

Se hizo el silencio.

Nadie hablaba de Artiach y del otro soldado muerto, Granados.

—Le darán una medalla —dijo con un suspiro el que siempre hablaba primero.

—Espero que se la claven en los cojones —remató el diálogo el detractor del cabo Ismael Murillo.

14

La llegada a Madrid fue como había esperado.

Quizá peor.

Especialmente por lo que respectaba a los tres muertos.

Los honores fueron farragosos, el rigor castrense absoluto. No estaba el rey, pero sí el ministro de Defensa y la plana mayor del Ejército. Lo más doloroso, sin embargo, muy por encima del resto de la ceremonia, fue la presencia de las tres familias rotas.

Por parte de Ismael Murillo, su padre y una hermana. Nada más. Era el que menos personas había aportado a los actos. El hombre lloraba. Ella no. Parecía mucho mayor que su hermano. Por parte del soldado Granados, padres, tres hermanas y un hermano, abuelos y tíos; catorce personas en total. En el caso de Carlos Artiach la familia quedaba también reducida a sus padres, dos hermanas menores, adolescentes, y su novia, una chica preciosa pese al dolor que la demudaba y el luto que la envolvía, menuda, morena, por la que cualquier hombre merecería vivir en lugar de morir lejos de todo, en un país extraño.

Y asesinado por un compañero.

Damián se sintió mal.

Peor que mal.

Por inercia, tomó varias fotos más empleando el *zoom* del objetivo largo, hasta terminar el carrete de la cámara. Fotos de los féretros, de los actos y, especialmente, de la familia de Artiach, sin saber por qué.

Fotos de aquella chica, diecinueve o veinte años, con el futuro momentáneamente roto.

Acabó con el brazo izquierdo muy dolorido, náuseas y una extraña sensación de vértigo. Lo peor era que a él le quedaba otro vuelo, hasta Barcelona.

La ceremonia tocó a su fin.

Los ataúdes iban a ser conducidos a sus respectivos cementerios. Los heridos, a los hospitales unos y a sus casas otros.

Fin.

La paz estaba apenas a unas horas del horror de la guerra.

SEGUNDA PARTE: LA PAZ (ESPAÑA, 2000)

15

Por lejos que fuera, por días que estuviera fuera de casa, tenía la lección bien aprendida: lo mejor era viajar sin equipaje, con lo esencial en una bolsa o en una mochila. Algo que pudiera llevar siempre en la mano. Eso le evitaba pérdidas, pero también tener que esperar a veces media hora o más junto a una cinta de equipajes en cualquier aeropuerto.

Los españoles, Barcelona o Madrid, no eran precisamente de los más rápidos.

Damián salió del avión a buen paso, la bolsa a la espalda y el maletín con las dos cámaras en una mano. Enfiló la salida de la terminal y nada más cruzar la puerta la vio, en primera fila, con su maravillosa sonrisa como primer saludo.

Los dos corrieron hacia uno de los lados para abrazarse y darse el primer beso.

No eran los únicos.

¿Había un lugar donde se dieran más besos o se vertieran más lágrimas que en las salidas o las llegadas de los aeropuertos de todo el mundo?

—Hola, cariño... Te he echado de menos... —fue lo primero que le dijo.

Elisabet se estremeció y lo estrechó todavía más.

Siempre decía lo mismo, y siempre era sentido, cierto.

Ella lo sabía.

—Yo también —le susurró su novia.

—Siento lo del vuelo —continuó él sin soltarla.

Un día tarde. Un día perdido. La maldita cancelación a causa del mal tiempo en La Habana.

¿Por qué viajaba al Caribe en temporada de huracanes?

Dejaron de abrazarse y se dieron el beso largamente esperado.

Como si estuvieran solos, sin nadie alrededor.

Tampoco eran el centro de atención. Un grupo de aficionados de algún equipo de lo que fuera alborotaba la salida de pasajeros coreando nombres y consignas, con algunas pancartas en alto. Alguien había ganado algo.

Todo fluía.

Se separaron para mirarse a los ojos.

Por fin, la serenidad de la paz.

—¿Qué tal? —le preguntó ella.

—Bien, muy bien. —Se limitó a encogerse de hombros.

—¿Has hecho «la foto»?

Damián se echó a reír.

—No, todavía no, pero estoy cerca, lo intuyo. Y siempre puedo fotografiarte desnuda, ya lo sabes.

—¡Tonto!

—No, listo.

—No van a darte el World Press Photo por fotografiarme a mí.

—Pero portada en *Playboy* seguro que sí serías.

Elisabet le dio un golpe.

Damián la atrapó y volvió a besarla.

El tiempo dejó de contar.

—Venga, vámonos —musitó ella un minuto después.

Le pasó un brazo por la cintura y dieron los primeros pasos. El grupo que esperaba a los del equipo de lo que fuera empezaron a gritar al verlo aparecer por fin. Los cantos se convirtieron en consignas y las pancartas agitaron el aire. La locura de la salida quedó atrás.

Elisabet se apretó contra él, armonizando sus pasos.

—Pareces cansado.

—Lo estoy —reconoció Damián—. El maldito huracán… Y eso que, pese a cambiar de rumbo inesperadamente, no nos dio de lleno y pasó a no sé cuántos kilómetros, que si no… ¡Pero qué manera de llover, y qué viento, por Dios! Llevo dos días sin dormir, y ya sabes que en los aviones no puedo hacerlo.

—Cuando me llamaste para decírmelo me dio una rabia…

—Lo sé. Piensa solo que pudo ser peor. En otras circunstancias me habría tirado allí dos o tres días más.

—Y tú con las cubanas. —Le hizo un mohín.

—Bueno, tenía cola. Incluso encontré a una en el armario.

Elisabet le sacó la lengua y rompieron a reír.

—He traído el coche —le dijo.

Se dirigieron al parking. El sol brillaba en una Barcelona de clima suave y posveraniego. Damián levantó la cabeza para sentir los rayos del sol y por un momento pensó en sí mismo dos años antes, cuando todavía volvía de cualquier viaje y lo hacía solo, sin nadie esperándolo.

Dos años.

Todo había cambiado con la irrupción de Elisabet en su vida.

Para bien.

Jamás habría pensado que alguien como ella se enamorase de alguien como él, un fotógrafo itinerante, siempre yendo de un lado a otro del mundo.

Un alma libre.

Elisabet también lo era.

—¿Has pintado mucho estas dos semanas? —le preguntó.

—Pues claro —dijo ella—. ¿Qué te crees, que me tumbo desconsolada esperándote mientras me zampo cajas de bombones y veo la tele?

—Ya sé que no.

—Verás qué cosas más chulas he hecho. —Suspiró feliz—. ¿Y tú qué, te has portado bien?

—Ya sabes que sí.

—Mientras tengas cuidado…

—¡Mira que eres boba!

Habían llegado a los parquímetros del aeropuerto. Elisabet introdujo el tique y luego la tarjeta de crédito. Una vez validado el tique para la salida se orientó y localizó su coche, un sencillo y viejo Mini 1000 de los años setenta. Damián metió la bolsa y las cámaras en la parte de atrás. Dejó que ella condujera.

Antes de arrancar, se dieron otro beso.

Y él le acarició la pierna.

Intentó subir por el muslo.

—Espera, ¿vale? —le detuvo la mano.

—Mala.

—Ya. —Soltó una breve risa—. El señor llega después de dos semanas y la señora ha de estar dispuesta. Mira qué bien.

Elisabet arrancó.

No volvieron a hablar hasta que salieron del aparcamiento y enfilaron la carretera rumbo a la ciudad.

Entonces él le dijo aquello:

—¿Y si me meto en un periódico, tranquilo, para no viajar tanto?

La idea la pilló de improviso.

Le lanzó una mirada rápida para no descontrolarse conduciendo.

—¿Tú? —dijo en tono de burla—. ¡No me hagas reír!

El rostro de Damián estaba serio.

—Te echo de menos —confesó.

—Yo también —asintió su novia—. Pero es lo que hay, y bien que me lo advertiste. Lo dejaste claro cuando te declaraste.

—¿Yo me declaré? —replicó, bromeando.

—¡Claro que sí, cariño! ¡En toda regla!

Circulaban por la autovía de Castelldefels. El tráfico no era excesivo. Elisabet volvió a mirarlo de reojo, por si realmente hablaba en serio al plantear lo de buscarse un trabajo menos agitado, que le permitiera pasar más tiempo con ella sin renunciar a su pasión por la fotografía.

Damián parecía realmente cansado esta vez.

Y no solo por el cambio de horario.

—Oye —dijo Elisabet, poniéndose falsamente seria—, a mí no me des la lata todo el día en casa ¿vale? ¡Menudo agobio trabajar los dos juntos y vernos todo el santo día!

Sobrevino un breve silencio.

Luego los dos estallaron en una carcajada.

16

No siempre podía dormir después de un viaje transoceánico, y la mayoría lo eran. Debería estar acostumbrado.

Pero no lo estaba.

Había esperado lo máximo posible, quemado las horas, demorando el momento de acostarse. Le costó superar lo peor, resistir la tentación de quedarse en cama después de hacer el amor con Elisabet. Ella misma lo sacó a empujones para que no cediera a la tentación, porque luego el *jet lag* duraba más.

Damián sabía que mucho más que eso, lo que siempre le sacudía al volver a casa era la excitación interior.

Como tratar de frenar en seco un Ferrari a doscientos por hora.

Y eso que, esta vez, no volvía de ninguna guerra, solo de hacer fotografías por la Cuba más oculta.

Un buen reportaje, y bien pagado.

Volvió la cabeza y en la penumbra de la habitación vio la silueta de Elisabet, que dormía boca abajo con el rostro hacia él. Un rostro enmarcado por el pelo revuelto, tan nacarado que brillaba incluso en la oscuridad. La mortecina luz que lo silueteaba todo procedía de la ventana abierta, con la persiana subida. En parte era la luna, en parte la distante farola de la calle.

La respiración de su novia era pausada.

Estaba enamorado.

Más que enamorado: colgado.

Tenía dos opciones después de haberse despertado inesperadamente y saber que ya no iba a conciliar el sueño. Una: seguir en cama, descansando, con los ojos abiertos, quemando las horas a la espera de que, justo al amanecer, volviera a darle el sueño. La otra: levantarse y moverse, hacer algo, intentar incluso cansarse un poco.

Eran las cuatro de la madrugada.

La idea de quedarse en cama tres o cuatro horas, sin más, lo abrumó, así que se puso en pie con cuidado para no despertar a Elisabet.

En las guerras, cuando fotografiaba convertido en corresponsal bélico, ya no era capaz de sacarse de encima el componente emocional. En los otros trabajos, como el que acababa de hacer en Cuba, el único componente era el profesional, por más que pusiera el alma y los cinco sentidos en cada foto. No por ser un país tranquilo había dejado de ver a hombres y mujeres doloridos por la crisis, la represión política o la sensación de eterno bloqueo impuesta por Estados Unidos. Gente feliz, resistente, chocando de cara contra un sistema ya obsoleto.

Y sí, no se lo había dicho a Elisabet, pero sí, había chicas preciosas, jineteras, dispuestas a entregar sus cuerpos por muy poco, a la espera de ganarse unos dólares o de encontrar un candidato a sacarlas de la isla.

Tentaciones superadas.

Elisabet valía por todas y más.

Lanzó una última mirada a su novia, sonrió y salió de la habitación descalzo.

¿Sería capaz de dejar la vida activa, los viajes, para quedarse como fotógrafo en la redacción de un periódico, sacando fotos normales de personas o situaciones normales?

¿Lo haría para quedarse más tiempo con ella?

Tal vez sí. Tal vez no.

Antes lo había dicho sin pensarlo.

¿Y cuánto duraría eso?

Quizá se lo planteara el día que, por fin, hiciera la Gran Foto. La instantánea que le valiera el World Press, la que le permitiría consagrarse como fotógrafo.

Una quimera.

Caminó hasta el baño y entró. Encendió la luz. Lo primero, lavarse la cara. No se secó de inmediato, dejó que las gotas de agua resbalaran por sus mejillas y cayeran al vacío desde la barbilla. Se miró en el espejo y trató de reconocerse.

No era fácil.

Se le había endurecido el rostro, llevaba el cabello muy largo y revuelto, barba de dos o tres días, la piel tostada, y estaba tan delgado que los pómulos destacaban formando ángulos de noventa grados a ambos lados de la cara. La prominente nariz hacía el resto.

Adiós al joven de antaño.

Bienvenido el hombre del presente.

Se miró algo más.

La cicatriz del brazo izquierdo.

Siempre presente, siempre viva, siempre recordándole Bosnia-Herzegovina, siempre devolviéndole la imagen de Carlos Artiach asesinado y la del cabo Ismael Murillo apuntándole con aquella pistola antes de morir reventado por la explosión que lo salvó a él y evitó su disparo.

¿Por qué seguía torturándose?

—Miraste para otro lado —se dijo.

Como si su propia voz le hubiera asustado, cerró los ojos.

¿Cuántas veces había sostenido aquella eterna pugna consigo mismo? ¿Cuántas, en aquellos cinco años?

¿Y por qué seguía torturándose?

Se lo repitió una vez más:

—Murillo murió. Fin de la historia. Mató a Artiach y quiso matarme a mí. Lo que pasara acabó con él.

No.

Quedaban Sotomayor, Espinosa y Portas.

¿Tan culpables como Murillo?

¿De qué?

«He de hablar contigo, por favor», oyó la voz de Artiach en su cabeza.

Damián abrió los ojos.

A veces era como si el soldado muerto siguiera allí.

Salió del cuarto de baño y no regresó al dormitorio. Entró en su reducto privado. Era una habitación más pequeña, con sus archivos fotográficos perfectamente clasificados en carpetas protegidas y alineados en armarios habilitados para ello. También estaban los recuerdos de cada viaje y las piletas donde todavía revelaba las fotos en blanco y negro. Las de color requerían otro proceso, aunque lo seguía de cerca para que se respetaran los matices de cada imagen. Los del laboratorio ya le tenían miedo.

Abrió un cajón y extrajo una cajita de madera.

La bala estaba en ella.

La bala de su brazo.

La otra, la que le hubiera destrozado el cerebro, se había quedado en la recámara de aquella pistola desaparecida con la explosión.

El arma perfecta para un doble crimen.

Ismael Murillo lo tenía todo preparado. Nada había sido casual. ¿Por qué, si no, llevaba una pistola serbia encima?

Acarició la bala con los dedos.

Siempre lo hacía.

¿Morbo?

La guardó en la caja y depositó esta en el cajón, justo en el momento en que se abrió la puerta y Elisabet asomó la cabeza por el hueco.

—¿No puedes dormir? —le preguntó.

Damián se sintió culpable.

—Lo siento, no quería despertarte —se excusó.

—Lo haces si no estás —susurró ella acercándose a él—. Después de tantos días durmiendo sola... Me he despertado y casi he creído que había soñado lo de tu vuelta.

Se abrazaron.

—Estoy aquí. —La besó en la cabeza mientras le acariciaba la espalda.

—Vamos, vuelve a la cama. Al menos descansa.

—Vale.

Se dejó guiar. Elisabet lo tomó de la mano y tiró de él. Entraron en el dormitorio y se tendieron en la cama. Para evitar que volviera a levantarse en cuanto ella recobrara el sueño, se pegó a su lado, obligándolo a rodearla con un brazo.

—Te quiero —musitó su novia.

—Y yo a ti, mucho —dijo Damián, rindiéndose.

Pensó que eso era todo.

Pero no fue así.

—¿Has escuchado los mensajes del contestador? —le preguntó Elisabet.

—No. —Movió la cabeza—. Sabes que odio llegar y tratar de ponerme al día en un pispás. Paso.

Pensó que ella le diría algo más.

Si alguno de los mensajes era urgente, o de quiénes eran.

Pero no lo hizo.

Sus respiraciones se acompasaron.

Sobre todo la de ella, porque tres horas después, Damián seguía despierto.

17

Las primeras fotografías tomaron forma en la pileta de revelado.

Cuba en blanco y negro era tan intensa como en color.

Las mejores, las imágenes de Santa Clara, de la tumba del Che Guevara, convertida en lugar de peregrinaje desde que en otoño de 1997 los restos del famoso guerrillero habían sido llevados hasta allí. No solo era la tumba, el inmenso mausoleo de veintitrés metros de altura instalado en la plaza de la Revolución de la localidad, sino la gente a la que había fotografiado en ella. Viejos combatientes cargados de historia y épica, jóvenes adictos a la eterna revolución castrista y también turistas atraídos por el mito. Lo más sorprendente era que el mausoleo había sido levantado mucho antes de que se encontraran en Bolivia los restos de Guevara, cuya estatua coronaba la columna con un brazo en cabestrillo y otro sosteniendo su fusil, tal y como había entrado en la capital de Las Villas en 1958.

Damián separó una de las imágenes.

La de una mujer anciana, llorando con la foto de su difunto marido en la mano, delante del pequeño nicho en el que reposaban los restos del Che.

Le había contado que murió a su lado.

Siete nichos. El Che y sus seis compañeros abatidos en la selva boliviana.

—Esta es buena —se dijo a sí mismo.

Las dejó secándose y salió para ir al baño cuando sonó el teléfono. Desvió su camino y se acercó a la sala. Descolgó el auricular, pero no se sentó en la butaca como solía hacer casi siempre. Cuanto antes terminara la conversación con quien fuera, mejor.

Bueno, a excepción de su madre.

—¿Damián?

Era inevitable. Demasiados días sin noticias de él.

—¿Sí, mamá?

—¿Vendrás el sábado a comer?

—Sí, mamá, claro que vendré. Ayer ya te...

—Era por saberlo —lo interrumpió como siempre hacía, yendo a lo suyo.

—Te lo dije ayer —añadió, para acabar la frase.

—¿Ah, sí? —se extrañó la mujer.

—Al despedirme te dije «hasta el sábado». ¿No lo recuerdas?

—No te entendería. Ya sabes que a veces no sé dónde tengo la cabeza.

—La tienes sobre los hombros, mamá. Y bien asentada, te lo digo yo.

—¡Oh, sí, claro, tú lo sabes todo, como siempre estás aquí!

Disparaba con balas blandas, pero balas al fin y al cabo.

Si al principio tenía miedo de su trabajo, la herida de Bosnia lo había acentuado hasta el límite.

—Mamá, estoy revelando fotos. He de entregarlas hoy.

—Trabajo, siempre trabajo —se quejó ella.

—Es lo que hace la gente normal. Trabajar para vivir. —Evitó decirle lo de siempre: que le gustaba.

—No —rebatió, aguerrida—. La gente normal va a una oficina, no al quinto pino a ver cómo se mata la gente, que cada vez que veo la tele y aparece uno de esos corresponsales en medio de tiros y explosiones... me da algo.

—Mamá, no he ido a ninguna guerra desde hace medio año.

—¡Como si no hubiera líos por todas partes!

—Además, sabes que soy indestructible.

Demasiado tarde.

Se lo acababa de poner en bandeja.

—Sí, ya, indestructible. Díselo al que te disparó aquella bala hace cinco años.

Odiaba repetir la misma conversación una y otra vez.

—Mamá, en serio, he de dejarte.

—¡Si es que no tienes ni cinco minutos para hablar con tu madre!

—Que nunca son cinco, que son más. Hasta el sábado.

—¡Pero si es martes! ¡Podrías venir a verme antes, digo yo!

—Te llamaré el jueves, cuando me quite todo el trabajo de encima. Eso si te portas bien.

—¡Qué cara más dura tienes!

¿Por qué siempre acababa gritando, enfadada?

—Adiós, mamá.

—¡No sé cómo te aguanta Elisabet!

—Adiós...

Colgó el auricular.

Y pensó en volver a descolgarlo, por si ella insistía.

No lo hizo. Podían llamar de la agencia.

Iba a regresar a su laboratorio cuando recordó lo de los mensajes en el contestador.

¿Pasaba de ellos?

No, cuanto antes los escuchara, mejor.

Una cosa menos que hacer.

Siguió de pie y le dio a la tecla para recuperarlos. Elisabet ya debía de haber borrado los suyos, porque solo había tres.

La voz átona de la máquina le anunció el primero:

—Primer mensaje. Día 4, a las diecinueve horas, veinte minutos.

A continuación escuchó una voz conocida:

—Damián, soy Quique. ¿Dónde paras? Cuando regreses de donde sea llámame, que hace mucho que no nos vemos, descastado. Chao.

La voz mecánica le dijo que si quería conservarlo, marcara un número, si quería borrarlo, marcara otro, si quería...

Lo borró.

El segundo mensaje era del día 7, a las once horas y treinta y cinco minutos.

—¿Señor Roca? ¿Damián Roca? Le llamo de «El Dominical» de *El País*. Nos interesaría contactar con usted. ¿Podría llamarnos cuando pueda, por favor? Mi nombre es Rosendo Bauzá y mi teléfono el...

No lo borró, para recuperar el número telefónico más tarde.

El tercer mensaje era del día 9, dos días antes, a las diez de la noche.

Una voz de mujer, dulce pero también tensa, le atravesó el oído y le llegó al cerebro, palabra por palabra.

—Espero que este sea el número de Damián Roca, el fotógrafo. Si no es así, perdone. Si lo es, mi nombre es Maite Sanpedro y me gustaría hablar con usted sobre lo que pasó en Bosnia hace cinco años. —La pausa fue tan breve como dolorosa. Un clavo ardiente que se le hundió en el cerebro—. Mi novio era Carlos Artiach, señor Roca. Usted le tomó una fotografía poco antes de que muriera y sé que a usted también lo hirieron en la misma situación. —Otra pausa, imperceptible—. Por favor, llámeme. Por favor. Mi número es...

Prefijo de Tarragona.

Damián seguía con el teléfono en la mano cuando la voz mecánica le dijo que no tenía más mensajes y que si quería volver a oírlos...

Colgó.

Lo único que supo en ese momento de absoluto hielo era que el pasado, muy probablemente, volvía quizá para pasar cuentas.

18

Lo primero que le dijo Elisabet al sentarse a la mesa para cenar, fue:

—Si el sábado vamos a casa de tu madre, el domingo nos tocará ir a la de mis padres.

No era una advertencia. Era una obligación.

—Lo sé —contestó él.

—Paciencia.

—¿Por qué no somos huérfanos?

—Qué burro eres. El día que falten los echaremos de menos, como echas de menos tú a tu padre, por mucho que digas que era un pesado.

Tenía razón.

Elisabet siempre tenía razón.

Eso la hacía indispensable.

Se llevó la cuchara a la boca y degustó la sopa de pescado, fuerte, intensa, como le gustaba y como mejor la preparaba ella. Del segundo plato se había encargado él. El pacto era ocuparse de todo a medias cuando estaban juntos.

Iban por la mitad del plato de sopa cuando se lo dijo.

—He oído los mensajes.

—Ah —se limitó a comentar ella.

—¿Oíste el de esa mujer?

—Sí.

—¿Por qué no me lo dijiste al llegar?

—Porque sé que no te gusta escucharlos a bote pronto y recién llegado. Prefieres descansar un poco, no sea que haya algo urgente y te agobies. Por eso —repuso con toda franqueza.

Damián se lo tomó con calma.

Bebió un poco de agua.

—Vi morir a su novio, ¿recuerdas?

—Me lo cuentas a menudo, sí.

—Y yo recibí esa bala.

—Han pasado cinco años. Puede que solo quiera decirte algo o invitarte a lo que sea, un funeral… Bueno, no sé. El tono de voz era muy normal.

—Pues opino lo contrario. Lo que no es normal es que me llame. ¿Por qué iba a hacerlo? ¿Y cómo habrá sabido mi nombre?

—Ni idea.

—¿Crees que querrá conocer los detalles, que alguien le habrá dicho ahora que yo estaba allí y necesita saber lo que pasó?

—Es posible.

Damián dejó la cuchara en el plato, como si hubiera perdido el apetito de golpe. Después de escuchar el mensaje había tratado de mantenerse tranquilo, inalterable, pero de pronto un cúmulo de sensaciones lo invadía y empezaba a atenazarlo. Él era el único que sabía la verdad completa. Eso ni siquiera se lo había contado a Elisabet. El único que sabía que a Carlos Artiach lo había asesinado el cabo Ismael Murillo.

Y había callado, desarbolado por las circunstancias.

La maldita realidad.

Cinco años después, todo volvía.

¿O acaso tenía razón Elisabet y se trataba de una mera casualidad?

Se movió inquieto en la silla.

—Tranquilo —le dijo ella.

Damián soltó una bocanada de aire.

—No lo estoy. —Chasqueó la lengua.

—¿Por qué no la has llamado inmediatamente?

Otra pregunta del millón.

¿Miedo? ¿Respeto? ¿Inquietud?

Elisabet no era tonta.

—¿Hay algo que yo deba saber? —inquirió de manera muy directa.

—Supongo que sí —dijo él, dándose por vencido.

—Pues cuéntamelo.

—No es algo de lo que esté orgulloso, aunque me haya repetido mil veces que no podía hacer nada.

La que dejó la cuchara en el plato en ese momento fue ella.

Se cruzó de brazos y lo miró fijamente.

—Vaya por Dios. —Suspiró—. Resulta que tienes secretos, y a lo peor inconfesables, como todo el mundo.

—No te rías.

—No lo hago. Pero es hora de soltar lastre, ¿no te parece? Si esa mujer ha llamado porque hubo algo más y tú sabes qué es… —Envolvió sus siguientes palabras en un sedoso tono de voz—. Te conozco, cariño.

—¿Qué quieres decir?

—Que te gusta cerrar círculos, no dejar nada abierto o en el aire. Puede que ese presunto secreto te haya estado carcomiendo durante cinco años y ahora te asuste enfrentarte a él, pero que en el fondo veas que por fin tienes la oportunidad de liberarte de su peso.

Su peso.

Era algo más que eso.

Y para colmo, era periodista.

Sí, llevaba cinco años fingiendo, mirando para otro lado.

De repente Damián lo vio todo claro.

Elisabet esperaba. Ya no había vuelta atrás.

—Esa bala que me dio en el brazo no procedió de un serbio —comenzó a decir—. Me la disparó un cabo del ejército español, el mismo que mató a Carlos Artiach e iba a asesinarme a mí si aquella bomba no lo hubiera evitado.

Su novia levantó las cejas de golpe.

19

Esta vez sí se sentó en la butaca, con el teléfono sobre las piernas. Cuando estuvo relativamente tranquilo, descolgó el auricular y marcó el número.

Cerró los ojos y esperó.

Un zumbido, dos, tres…

—¿Diga?

Abrió los ojos.

—¿Maite Sanpedro?

—Sí, yo misma.

—Soy Damián Roca. Me llamó usted por teléfono hace unos días, pero me encontraba de viaje.

—¡Oh, sí, señor Roca! —El tono se hizo más cálido—. ¡Gracias por llamar!

—No, al contrario.

—Le parecerá extraño que después de cinco años aparezca la novia de Carlos y…

—En absoluto —dijo por decir algo—. Nos vimos envueltos en una tragedia y… bueno, uno no olvida tan fácilmente el día en que le dispararon.

—Claro, perdone.

—No lo decía por… —Se quedó sin argumentos—. En fin, curiosidad sí siento, claro.

Al otro lado del hilo telefónico se hizo el silencio.

A veces un segundo puede ser muy largo.

—Señor Roca, ¿podríamos vernos?

Damián volvió a cerrar los ojos.

Verse.

¿Por qué?

En lugar de eso le respondió:

—Sí, por supuesto.

—Es que por teléfono…

Lo de menos ya era preguntárselo.

—Yo estaré unos días en Barcelona. ¿Dónde vive usted? El prefijo del número es de Tarragona.

—Vivo en Amposta. Puedo ir en tren cuando me diga, mañana, tarde… No importa la hora, tengo un trabajo flexible.

Estaba acorralado.

—Pues, no sé —aventuró—. Mañana, pasado… Mejor por la tarde, aunque sea a primera hora.

—De acuerdo —convino ella—. ¿Mañana por la tarde?

—Bien.

—¿Dónde quedamos?

—Si solo se trata de vernos un rato podemos hacerlo cerca de la estación de Sants, o incluso allí mismo.

—Mejor, sí, gracias.

—¿En el puesto de periódicos, sobre las cinco?

—Sí, bien. ¿Cómo lo reconozco?

—Yo la reconoceré a usted —aseguró Damián—. No se preocupe.

—¿Ah, sí?

—Viajé en el mismo avión que Carlos y la vi en el aeropuerto aquel día. Incluso tomé algunas fotos.

El nuevo silencio fue más prolongado y más denso.

El mismo avión.

Fotos del dolor a la llegada del ataúd.

—De todas formas mejor llevar el clásico libro, o un periódico en la mano —propuso él, más que nada para sacarla del atolladero—. Puede haber cambiado mucho.

—No lo crea. —Maite se envolvió en un suspiro de tristeza antes de agregar—: No sabe cómo se lo agradezco. Sinceramente, espero no hacerle perder mucho tiempo ni que me tome por loca.

—No se preocupe, aunque siento curiosidad, por supuesto.

—Lo entenderá cuando se lo cuente todo. Y… por favor, si le tomó más fotos a Carlos, ¿podría traérmelas?

Más fotos.

¿Se refería a las del aeropuerto o…?

¿Maite Sanpedro había visto la foto de su novio llorando?

Y si era así…

¿Qué?

—Buscaré en mis archivos, sí, pero no recuerdo mucho de todo aquello —mintió—. Fue muy rápido y apenas si estuve unos días en la base.

Su interlocutora ya no dijo nada más.

Solo la despedida.

—Gracias, de verdad, señor Roca.

—Nos vemos mañana.

—Sí.

Debieron de cortar la comunicación al mismo tiempo.

20

No había vuelto a mirar las fotografías desde 1995.

Y allí estaban todas.

Todas y todos.

Carlos Artiach, Ismael Murillo, Vicente Espinosa, Genaro Sotomayor y Amadeo Portas.

La serie en la que Carlos estaba llorando era muy buena, excepcional, sobre todo la que le entregó a él aquel día, con la cabeza levantada hacia el cielo y el destello de las lágrimas en su rostro. Una gran imagen, reflejo de toda la crueldad de la guerra. En el semblante del soldado podían captarse las emociones y sentimientos de un ser humano enfrentado a lo más oscuro de sí mismo.

Más que el retrato de un hombre era el de su alma.

Precisamente en eso consistía ser fotógrafo.

Tenía dos más de él aún en vida, equipado, casi irreconocible con el casco, el protector de la barbilla y el uniforme de combate, y luego estaban las tres que le tomó ya muerto, antes de recibir el balazo en el brazo izquierdo.

Se fijó en su cara, su expresión.

¿Supo, en el segundo final, que era el adiós?

¿Cuánto dura ese momento?

Damián escrutó el rostro del cadáver casi un minuto.

Todo, absolutamente todo, volvió a él, como si acabase de suceder un poco antes.

Sitió un escalofrío.

Logró dejar las fotos de Carlos Artiach a un lado y se concentró en las de los otros cuatro, especialmente en las de Ismael Murillo. Si Artiach lloraba desolado, abatido por un peso enorme, en los ojos y los semblantes de su asesino y los compinches de este lo que vio fue algo muy distinto. Cinco años después, todo seguía allí, congelado. Una fotografía capta una fracción de segundo de la vida de una persona. Como un *haiku* detenido en el tiempo. Las miradas y los semblantes de Murillo, Sotomayor, Portas y Espinosa eran de piedra.

Ojos y rostros endurecidos.

Máscaras.

No sabía si se las enseñaría a Maite Sanpedro, pero las apartó del archivo y las metió en un sobre.

Las de Carlos Artiach llorando, también.

Las tres donde aparecía ya muerto, no.

Demasiado fuertes.

—¿Y ahora qué? —se dijo en voz alta.

¿Volvía el pasado, después de tanto tiempo, para recordarle que vivió una injusticia y no tuvo más remedio que callar?

¿Era el momento de cerrar aquel círculo?

Quizá todo dependiese de su charla con Maite Sanpedro.

¿De qué quería hablarle?

¿Cómo…?

—Nada es casual —volvió a hablar en voz alta—. Al final todo tiene un sentido y unas consecuencias.

Cuando Elisabet llegó lo encontró sentado delante del televisor, mirando absorto un documental sobre los gorilas en Ruanda.

Parecía encontrarse sumergido en la más fantástica e interesante de las películas posibles.

—¿Te vas a Ruanda? —le preguntó ella dándole un beso desde atrás, inclinada sobre la butaca.

—A veces preferiría fotografiar animales para el *National Geographic* —le respondió.

—Podrías hacerlo —le apoyó—. Voy a cambiarme.

Siempre se quitaba la ropa de calle y se ponía cómoda. A veces tan cómoda que por casa solo llevaba unos pantaloncitos y un top. Esta vez reapareció con mallas y una camiseta holgada, soltándose el pelo con las dos manos. En el televisor, una mujer estaba sentada de manera muy sumisa a pocos metros de un gorila macho que asustaba con solo mirarlo.

—Hay que tener valor para hacer eso —murmuró ella—. Aunque supongo que es peor una guerra. En el fondo ese bicho parece más humano que los bestias que se matan entre sí en una batalla. —Se dio cuenta de que él no hablaba y se sentó a su lado, en el lateral de la butaca—. ¿Qué te pasa?

—He llamado a esa mujer, la novia de Artiach.

—¿Y?

—Quiere verme.

—Vaya. —Frunció los labios, sorprendida—. ¿Lo harás?

—He quedado con ella mañana por la tarde.

—Que rápido. ¿Te ha dicho para qué quiere verte?

—No, pero tiene que ver con la muerte de su novio, seguro.

Elisabet mesuró la información.

Ahora que sabía la verdad de lo sucedido en Bosnia, las cosas eran distintas, lo mismo que la manera de enfocarlas.

—Ya. —Mantuvo los labios fruncidos.

—¿Por qué pones esa cara? —preguntó Damián.

—Porque te conozco. —Le revolvió el pelo con ternura—. Tienes facilidad para meterte en líos.

—¿Yo?

—Sí, tú, señor periodista que se jugaría el cuello por conseguir una foto, y más si es Esa Foto, la Gran Foto.

—Pero aquí no se trata de eso, sino de hablar.

—¿No dices que detrás de todo hay un buen reportaje?

—Es distinto.

—No, no lo es. Lo que te pasó en Bosnia hace cinco años ha sido lo más grave e importante que te ha sucedido en la vida. Lo entiendo. Y más ahora que me has contado tu secreto. Igual que entiendo que eso te ha estado persiguiendo durante este tiempo y ahora, de una forma u otra, piensas que has de enfrentarte a ello, para bien o para mal.

—Puede que no sea nada.

—Sabes que sí lo es. Te lo dice tu instinto.

—Bueno, siento curiosidad —admitió.

—En otro no sé, pero en ti es más que eso. No pasaste esa página. ¿Qué quería decirte ese soldado? Lo mataron para evitar que hablara contigo. Y quisieron matarte a ti por si te daba por investigar o hacer preguntas. Murió el asesino, pero quedan los otros tres.

Los otros tres.

Seguían vivos, en alguna parte.

—¿Crees que si no me hubieran repatriado a causa de la herida, lo habrían intentado de nuevo? —preguntó alarmado por el hecho de que jamás hubiera pensado en ello en serio.

—Sí —respondió Elisabet con contundencia.

—Joder, cariño.

—Artiach sabía algo que les hubiera costado caro, es evidente. Aprovecharon el combate para acabar con él. Ese cabo llevaba la pistola serbia por algo. Sin saberlo, Artiach también te sentenció al acercarse a ti.

—Pues sí que me animas.

—A lo único que te animo es a ser tú mismo, nada más. —Lo abrazó y le dio un enorme beso en los labios, entrecortado cada vez que iba agregando algo—: Testarudo... Valiente... Brillante... Honrado...

—Te falta Superman. —Intentó retenerla más tiempo con el beso.

—A tanto no llegas —replicó ella, resistiéndose—. Pero haces méritos y a mí ya me vales tal cual.

Damián logró atraparla, hacerle perder el equilibrio y conseguir que cayera de lado y quedara encajada sobre su regazo.

Elisabet ya no luchó.

En el televisor, el gorila y la mujer se hacían amigos y compartían un plátano.

—Sssh... —la tranquilizó él acariciándola.

Su compañera lo miró con calor.

—No seas Superman, por favor —cuchicheó—. No soportaría a un hombre que lleva los calzoncillos por encima de los pantalones.

21

Llegó a su cita en el puesto de periódicos de la estación de Sants unos minutos antes de las cinco de la tarde. Llevaba en la mano, bien visible, una novela que estaba leyendo. En la otra, el sobre con las fotografías sacadas de sus archivos. No se sorprendió al ver que Maite Sanpedro ya estaba allí.

Primero, la estudió de lejos.

Era asombroso, porque estaba igual que cinco años antes. Si entonces era una joven de unos diecinueve o veinte, ahora era una mujer con la misma apariencia juvenil y el delicado halo que la envolvía aun en momentos tan trágicos como los de la recepción en el aeropuerto de Madrid. Allí se le antojó preciosa. La fotografió más allá del dolor que sentía. Ahora era distinto. Preciosa igual, pero no una belleza. Destilaba bondad y dulzura, calma, serenidad. Llevaba el pelo suelto, vestía con cierta vulgaridad. Falda, zapatos planos y chaquetilla corta. Un aparatoso bolso le colgaba del brazo. Iba sin maquillar.

Finalizó el examen visual y se acercó a ella.

Se sonrieron tímidamente a unos dos metros, cuando la novia de Carlos Artiach reparó en su presencia.

—¿Señor Roca?

—Hola, Maite.

—Gracias por venir…

Pareció que iban a darse la mano, pero Damián rompió la barrera, se acercó y le dio dos besos en las mejillas. Olía bien, ligeramente bañada por un perfume delicado, fresco y nada ostentoso. Al separarse, trataron de superar los últimos nervios.

—¿Nos sentamos en el bar de ahí enfrente? —propuso él.

—Sí, claro.

Salieron del puesto de periódicos, cruzaron el pequeño trozo de vestíbulo en perpendicular y entraron en el bar. Encontraron una mesa libre al fondo y se dirigieron a ella. Una vez sentados, Maite puso la bolsa sobre otra silla. Damián hizo lo mismo con el libro y las fotografías.

—Bueno, se preguntará… —comenzó a decir ella.

—Escucha, se me hace muy raro hablarle de usted a una persona joven —la interrumpió—. Yo tampoco soy mucho mayor que tú.

—¡Oh, bien, sí! —Ella se relajó un poco.

Damián le miró las manos, unidas por encima de la mesa.

Ningún anillo, ni de prometida ni de casada.

De alguna forma intuyó que seguía siendo la novia, o casi mejor decir la viuda, de Carlos Artiach.

Ningún camarero se les acercó para ver qué querían.

—Tú dirás —la invitó a comenzar.

Maite Sanpedro tomó aire.

—¿Conocías mucho a Carlos? —fue su primera pregunta.

—No, la verdad. Si no recuerdo mal, nos vimos tres veces.

—Yo llevaba con él desde los catorce años. —Bajó la cabeza como si el recuerdo le pesara—. Nos queríamos de una manera que… —Superó el primer atisbo de emoción respirando con fuerza y apretando las manos—. Han pasado cinco años y sigo esperando que vuelva, ¿entiendes?

—Sí —asintió él.

Maite alargó la mano más próxima al bolso y sacó de él una fotografía.

La fotografía de Carlos llorando, hecha aquella mañana incierta.

La dejó encima de la mesa, de cara a Damián.

—La tomaste tú, ¿verdad? —dijo.

—Sí.

—¿Le tomaste más?

—Algunas, sí.

Hizo lo mismo que ella, alargar la mano y coger el sobre. Las extrajo y se las dio. La mujer las examinó con el rostro grave.

Como viajar al pasado por el túnel del tiempo.

—¿Por qué…?

—No lo sé. —Damián captó el tono de la pregunta—. Iba caminando, lo vi de lejos, saqué la cámara y le hice esas fotos. Luego levantó la cabeza al cielo y… Esa era la buena.

—¿Te dijo por qué lloraba?

—No.

—¿Y cuándo le diste la foto?

—Al día siguiente. Pensé que le gustaría tenerla. Es una de mis mejores fotografías hasta hoy.

Maite siguió mirando aquella serie de imágenes.

Su Carlos vivo, poco antes de morir.

—Escucha —dijo, dejándolas en la mesa—. Ni siquiera sé por dónde empezar. Es bastante… absurdo. Y sin embargo…

—Tranquila.

—Pensé que Carlos y tú os habíais hecho amigos o algo así.

—No, eso no. ¿Cómo te llegó la foto?

—Mandaron las cosas de Carlos a sus padres. La foto estaba entre ellas. Pero lo importante es que me escribió el día antes de su muerte. De hecho, recibí la carta después de que lo mataran.

—¿Y decía algo esa carta? —Frunció el ceño Damián.

—Toma, léela. —Se la entregó después de sacarla también del bolso—. Mejor a partir del segundo párrafo.

Damián se inquietó.

Pero no dijo nada.

Iba a asomarse a las últimas palabras del hombre al que prácticamente había visto morir. Y si su novia quería que las leyese, era porque tenían relación con aquella fotografía.

Empezó a entender el motivo de aquella cita.

Desde el segundo párrafo, la carta decía:

> Amor mío, estoy asqueado. Ahora mismo lo que más siento es repugnancia. Me repugna llevar este uniforme, ser soldado, todo lo que tiene que ver con nuestra misión humanitaria, de paz, como quieran llamarla. ¿De paz? No, no creo que hayamos traído la paz a esta tierra. Más bien contribuimos a destruirla.
>
> Sabes que creía en lo que hacía. Sabes que tengo mis convicciones y mi ética. Pero como sueles decirme, mi idealismo me pierde. Y ahora, me ha traicionado. ¿Cómo se puede ser idealista viviendo en el horror? Cuando suceden cosas que te asquean, y ves lo más repugnante a lo que pueda estar abocado el ser humano, ¿qué te queda? Trato de cerrar los ojos y no puedo. Trato de apartarme de la crueldad y no lo consigo. A mi lado no tengo compañeros, son bestias. Se dice que en combate tu compañero es tu garantía de vida, pero no es cierto. Mi fe en la condición humana no solo se ha resquebrajado, sino que ha tocado fondo.
>
> Vinimos a ayudar, no a hacer daño. Dios, Maite... Ni siquiera puedo explicarlo por carta. Quiero volver a casa, contigo, y olvidar todo esto,

aunque no sé si podré. Me siento cobarde por cerrar los ojos. Y no sé si es miedo o impotencia. Quizá las dos cosas. Lo que he visto, lo que sé, es demasiado. Y si creyera que acudiendo a un superior se arreglaría algo... Pero me temo que no, que encima la tomarían conmigo. En el ejército hay códigos no escritos. Mis compañeros son de la peor calaña. No son humanos. Llevan un uniforme que deberían dignificar y no lo hacen, al contrario, se sirven de él. Les da poder. Mi única esperanza es que he conocido a un fotógrafo que parece buen tipo, íntegro y decente. Se llama Damián Roca. Siendo periodista, tal vez él sepa qué hacer. Mi conciencia no me permite seguir así más tiempo.

Volveré a escribirte, mi amor. Ahora he de dejarte. Mañana salimos de misión y así te mandaré esta carta hoy mismo. Cuídate mucho, y perdona que te transmita mis problemas y mi angustia. Pero si no me abro contigo, ya no sé con quién podré hacerlo. Te quiero. Te quiero y te necesito. Te quiero y te deseo. No sabes cuánto echo de menos tus manos en mi cuerpo. No sabes... Pero sí lo sabes, ¿verdad?Con todo mi amor.

Carlos

Damián no dejó la carta de inmediato. Volvió a leerla una segunda vez. El nudo de la garganta pasó a su estómago. Un mal sabor de boca lo llenó de amargura.

Recordó la escena del barracón, cuando Carlos Artiach se vio rodeado por aquellas cuatro bestias.

«Mis compañeros son de la peor calaña. No son humanos».

Cuando por fin se la devolvió a Maite, ella tenía los ojos húmedos.

—Me la sé de memoria —le confesó—. Ni siquiera estoy segura de que tenga algún sentido, ni si estoy buscando algo que no existe. Pero cuando veía esa fotografía en casa de mis suegros… Bueno, de los padres de Carlos…

—Te entiendo.

—He tardado mucho tiempo en atreverme a dar contigo, demasiado. Ya no podía más. Creía que tendrías algunas respuestas.

—Ya ves que no.

—¿De verdad no tienes idea de lo que le podía estar pasando, y de por qué hablaba así de sus compañeros? —preguntó ella.

Damián se sintió acorralado.

Ismael Murillo había asesinado a Carlos Artiach.

Los otros tres lo sabían.

¿Por qué? ¿Por qué? ¿Por qué?

Un secreto que solo conocía él.

Cinco años cerrando los ojos, sin saber qué hacer, cauto, precavido, asustado por lo que representaba el ejército y la dimensión del escándalo que se desataría si hablaba, sin pruebas, sin nada. Y ahora Maite Sanpedro volvía del pasado para decirle, de una maldita vez, que la calma se había terminado, que ya no era el joven de veinticinco años que fue a su primera guerra, sino el hombre de treinta que había hecho un juramento deontológico como periodista.

La única palabra posible era simple: justicia.

Empezó a rendirse.

La miró a los ojos buscando el valor que necesitaba.

—¿Qué pasó en Bosnia, Damián? —lo apremió Maite Sanpedro.

22

Damián intentó hallar la forma de armonizar lo que sentía con lo que sabía.

Acababa de conocerla.

Un alma pura, frágil.

¿Cómo decirle a una mujer que cinco años después seguía atada a la memoria del hombre al que había amado, que a ese hombre lo mató uno de sus compañeros?

¿Cómo, sin saber el motivo y sin la menor prueba salvo que Murillo también quiso acabar con él?

¿Cómo, sin decirle también que había sido un cobarde por callar y mirar a otro lado?

—Damián, por favor… —le suplicó ella.

Tenía la garganta seca. Y ningún camarero se acercaba para atenderlos. Se levantó de golpe.

—¿Quieres tomar algo? —le preguntó.

Maite tardó un segundo en responder, sorprendida por el gesto.

—Un agua mineral.

—Ahora vuelvo.

Se dirigió a la barra, se acodó en ella y mientras la furia lo poseía pensó en qué hacer. Justicia, sí. La verdad, sí. ¿Y el precio? ¿Valía la pena involucrarla?

«Escríbelo —se dijo—. Eres periodista. ¡Investiga!».

Así de fácil.

Algo que sucedió cinco años antes en un lugar en el que, si bien ahora había paz, las huellas de la guerra no se habían borrado. España seguía allí, en su misión de control.

El camarero por fin le hizo caso. Pidió dos aguas, las pagó y se marchó con ellas y los vasos a la mesa. Maite esperaba paciente. Él se sentó, le pasó una de las botellas y un vaso y reemprendió la conversación.

—Mira, ya te he dicho que no me contó por qué lloraba. Habíamos tenido una emboscada el día anterior, yo estuve perdido, pasé la noche en un caserío en ruinas y, al amanecer, cuando llegué al pueblo, lo vi y tomé esas fotos. No hubo más. Pero sí es cierto que quería hablar conmigo. No sé de qué —insistió—. Me lo dijo la mañana en que lo mataron.

—No entiendo…

—Pasó por mi lado y me susurró eso, que quería decirme algo. Entonces empezaron a caer las bombas, granadas, obuses…

—¿Y no te imaginas de qué quería hablarte?

—Ni idea.

—En la carta se refiere a sus compañeros. ¿Los conociste?

—Sí, un poco. —Sacó el resto de las fotografías del sobre, las que correspondían a Murillo, Sotomayor, Portas y Espinosa—. Ese murió con él y la bomba que lo alcanzó también me hirió a mí. —Señaló al cabo.

—¿Te hirieron?

—Me alcanzó un balazo en el brazo izquierdo antes de que la explosión me dejara inconsciente.

—Dios… —Maite se estremeció antes de volver a mirar las cuatro fotografías—. ¿Crees que tenían algo contra Carlos?

—Es posible.

—No sería la primera vez. —Bebió un sorbo de agua—. En la escuela sufrió malos tratos. Así lo conocí. Un día me lo encontré apaleado y desnudo cerca de casa. Primero me dio pena. Después descubrí que era la persona más dulce y maravillosa del mundo. Nos enamoramos y ya no nos separamos hasta… —Dominó las nuevas lágrimas.

—¿Por qué se hizo soldado?

—Primero para que dejaran de meterse con él. A los quince años era bastante delgado. Le aconsejaron disciplinas orientales de esas para defenderse, como el aikido, y poco a poco fue al gimnasio y se hizo más hombre y más fuerte. Ahora vivo en Amposta, pero nosotros somos de un pueblo cercano, y allí había pocas oportunidades. Carlos me dijo un día que iba a alistarse, como salida, pero también por su extraño sentido del deber y la justicia. Hubiera acabado en Greenpeace o en cualquier ONG. Pero en el ejército al menos tenía mejores perspectivas.

Carlos Artiach era un tipo decente.

Una buena persona, con uniforme o sin él.

Damián volvió a sentir la presión.

Quería irse, pero ya no podía.

—¿Quién te dio mi teléfono? —quiso saber.

—Vi un reportaje tuyo. Damián Roca, el periodista. Se me hizo la luz. Mi instinto me dijo que tenías que ser tú, a la fuerza. Llamé al periódico, pero no quisieron darme el teléfono. Solo me dijeron que vivías en Barcelona. Llamé a todos los Roca de la guía que tenían una D como inicial del nombre y con los que no pude hablar dejé el mismo mensaje que te dejé a ti. Sé que fue un acto desesperado, y posiblemente tardío, pero llevo tanto tiempo carcomiéndome con esto…

El mismo tiempo en el que se había carcomido él.

Tenía que soltarlo.

Ya.

¿Qué pasaría en cuanto lo hiciese?

Maite Sanpedro parecía poca cosa, pero era una mujer dolorida, capaz de todo. Capaz de luchar por la memoria de su amado, algo que no había sido capaz de hacer él.

¿Y si le hacía más daño?

¿Y si...?

Damián se vino abajo definitivamente.

La verdad nunca podía ser peor que la mentira o el silencio.

El día que fotografió a Carlos Artiach llorando, se metió de cabeza en algo, eso era lo único que contaba. Ya no podía seguir ignorándolo.

Fin del silencio.

—Maite, perdona... —Se inclinó sobre la mesa con los ojos vidriosos y habló casi como si exhalara un último aliento—. Perdona por haber callado, por haber... Ni siquiera sé cómo decírtelo sin que suene tan horrible pero... —Finalmente lo soltó—: A Carlos lo asesinaron. Es lo único que sé, porque su asesino también quiso matarme a mí.

23

Maite se quedó pálida.

Como si acabasen de golpearle el cerebro.

Damián no la dejó hablar.

—No sé qué pasó, qué hizo ni por qué lo mataron, pero sí sé cómo sucedió, porque yo estaba allí. —Hizo una pausa, buscando las palabras una a una para que no sonaran tan crueles—. Llevo cinco años cargando con ello y ahora, de pronto, aquí, contigo... Dios, perdona, por favor.

—¿Pero... lo asesinaron? —inquirió, expresando el horror que sentía.

—Sí, con una pistola serbia, para que pareciera una muerte en combate.

—¿Quién fue?

Damián señaló una de las fotos que seguían en la mesa.

—Ismael Murillo —respondió—. Iba a matarme a mí con la misma pistola, pero solo me alcanzó en el brazo. Al acercarse para rematarme, nos cayó esa granada, o lo que fuera, que lo destripó a él y a mí me dejó inconsciente. Unos minutos antes Carlos se acercó a mí para decirme que quería hablar conmigo. No creo que Murillo lo oyera, pero fue suficiente. Y hasta es posible que ya pensaran matarlo igualmente. Lo mío era un daño colateral.

—Hablas en plural —musitó Maite.

—Los otros tres también estaban metidos en el asunto, en lo que fuera que Carlos descubrió o sabía de ellos.

—Sabía que había algo, pero esto… —Maite se dejó caer hacia atrás en la silla.

La conmoción no cesaba.

Cinco años de dudas y apenas unos segundos para racionalizar la verdad.

—Perdona —repitió Damián—. Sé que suena horrible y yo mismo…

¿Qué iba a decir? ¿Que se había castigado por ello?

No, mentira.

Él vivía feliz, y más desde la aparición de Elisabet.

—¿Por qué no lo denunciaste? —quiso saber Maite.

La gran pregunta.

—No podía.

—¿Por qué?

—¿Sin pruebas? —Intentó que lo entendiera—. Murillo estaba muerto. El asesino ya no existía. Fin del caso. Creo que el ejército no me habría creído, y en el supuesto de que me creyeran, probablemente habrían echado tierra sobre el asunto. Mejor repatriar los ataúdes de tres héroes que de una víctima y su asesino. Encima yo estaba herido. Lo único que quería, en ese momento, era largarme de allí. Temía que los otros tres terminaran lo que Murillo había empezado, aunque debieron de comprender que Carlos no había alcanzado a contarme nada. —Bebió un poco más de agua para aclararse la garganta e intentó seguir explicando lo inexplicable, aunque ya no pudo—. Era mi primer trabajo como corresponsal…

—Tuviste miedo.

—No fue solo miedo. O sí, no lo sé. —Quiso estrujar las fotos de aquellos cuatro asesinos con rabia—. Mi abuelo combatió en la guerra civil, ¿sabes? Siempre me hablaba con mucha cautela de los uniformes, de la gente que se escudaba en ellos para abusar de su poder: militares, curas... Crecí con recelo hacia esas cosas, y de pronto me veo en una base militar en un país en guerra. Un trabajo, sí, pero rodeado de soldados. No tenía nada. Pensé que nadie iba a creerme y que sería una causa perdida. Fuese lo que fuese lo que pasó, la verdad quedó allí.

—No. —Maite movió la cabeza con firmeza de lado a lado—. La verdad la llevas tú encima.

—¡Murillo murió!

—¡Los otros tres seguían vivos! No dispararon a Carlos, de acuerdo, pero ¿y si hicieron algo por lo que merecían ser castigados? —Cerró los puños de pronto, con inusitada fuerza—. ¡Carlos iba a contarte algo! ¡Iba a confiar en ti!

—¡Y quizá habría podido ayudarlo, pero con él muerto, su asesino muerto, yo herido, sin pruebas de nada...! ¿Qué podía hacer?

—Lo que hiciste: escapar.

—¡No! —Se aferró a lo absurdo que parecía aquello.

—No te culpo. —Maite volvió a inclinarse sobre la mesa, extendió la mano derecha y la depositó sobre las de él. Damián notó la frialdad de su piel—. Puedo entenderlo, en ese momento, bajo aquella presión; pero después...

—Después fue peor. Una vez en casa, todo lo sucedido acabó pareciéndome una pesadilla, algo irreal.

—Hasta ahora.

—Sí, hasta ahora —convino.

Guardaron un breve silencio, hasta que ella retiró la mano y terminó de beber el agua. Aunque acababan de conocerse, era como si se sintieran próximos el uno al otro. Había dolor en ella, pero no frustración ni ira contra él.

Finalmente sabía qué había sucedido.

O al menos una parte.

—Dices que hubo una refriega, que pasaste la noche perdido y que al día siguiente encontraste el pueblo, donde tomaste esas fotos de Carlos llorando.

—Sí.

Le contó los detalles, la matanza de los nueve hombres, las lágrimas de las mujeres musulmanas…

—Pero no fueron los soldados españoles… —aventuró Maite, vacilando.

—No, la matanza la perpetraron los Tigres de Arkan, uno de los grupos serbios más salvajes. Hubo testigos.

—¿Qué pudo ver Carlos?

—No lo sé, ni sé si tuvo algo que ver con eso, porque él lloraba a la mañana siguiente.

—¿Por qué le diste la foto?

—Porque era buena, y porque pensé que le gustaría tenerla después de todo. Cuando entré en el barracón, Murillo, Espinosa, Portas y Sotomayor lo estaban acorralando en un rincón. Parecían muy agresivos. Luego comprendí que lo estaban amenazando.

Maite hizo la pregunta que más temía:

—¿Podríamos denunciarlos ahora?

—No —respondió con sinceridad.

—¿Y ya está?

—Aunque nos crean, será lo mismo: Murillo lo mató y Murillo murió. Fin del caso. No hay nada contra los otros tres, y no creo que hablen.

—Han pasado cinco años —repuso ella—. ¿Por qué no se lo preguntas?

La pregunta flotó en el aire.

Una pregunta que no se había planteado.

¿O sí?

Era periodista.

No importaba el tiempo.

Solo la maldita verdad.

—Necesito aire —murmuró Damián, abatido—. ¿Salimos?

24

Caminaron sin rumbo, solo para aliviar la tensión. Maite Sanpedro tenía que regresar en tren a Amposta, así que no valía la pena alejarse de la estación. La confesión lo había aliviado, pero ahora el peso era mayor, porque Damián lo compartía con la mujer que no podía olvidar el recuerdo de su novio pese al tiempo transcurrido.

A unos veinte metros de la estación de Sants, en la explanada donde los pasajeros iban y venían con sus maletas o sus prisas, ella se lo preguntó:

—¿Llegaste a publicar esa fotografía de Carlos?

—No.

—Es muy buena. No entiendo…

—Puede que sea mi mejor retrato hasta hoy, sí, ya te lo he dicho. —No le habló de su búsqueda de la Gran Foto—. Pero ya entonces me dijeron expresamente que no fotografiara a soldados llorando o mostrando debilidad. No lo entendí entonces, ni lo entiendo ahora, pero por lo visto al ejército no le gustan esas imágenes.

—¿Qué quieren? ¿Que sean máquinas de matar y den miedo?

—Algo así. —Damián se encogió de hombros.

—Pero la publicarás algún día, ¿no?

—Tal vez, supongo. —Repitió el gesto—. A lo mejor, si un día soy tan famoso como para hacer una exposición o publicar un libro.

—¿Por qué no escribes un reportaje?

—¿Ahora?

—Sí, denunciando el caso.

—Maite, en serio, es imposible. Ningún periódico, ninguna revista lo aceptaría sin una prueba de lo que pasó.

—Tu herida en el brazo.

—Me la hizo un serbio en la refriega. Así consta en el informe del ejército español. Y además está mi silencio de estos años.

—Cualquiera entendería por qué callaste ¿Y un libro?

Maite era tenaz, no cabía duda.

No iba a rendirse.

—¿Qué sentido tendría?

—Cambias los nombres. Haz una novela. Pon eso de «basada en hechos reales». Al menos removerías conciencias.

—En primer lugar, no soy tan bueno como para escribir un libro. En segundo lugar, falta que me lo publiquen, y en tercer lugar, sin saber qué iba a decirme Carlos, cuál era su secreto, tampoco tiene ningún sentido. ¿Qué hago, me invento que Murillo y los otros eran contrabandistas, o que mataron a esos bosnios por alguna razón?

—Entonces averígualo —dijo Maite, y guardó silencio.

Damián hizo lo mismo.

Quedaron frente a frente, como en el bar.

—Esos tres deben de estar licenciados hace años, viviendo en cualquier parte.

La mirada de Maite lo atravesó.

Sus ojos quemaban.

Fuego frío.

—Si tuviera dinero, acudiría a un detective privado para que encontrara a esos tres hombres —le dijo—. Pero no lo tengo.

—¿Crees que hablarían?

—No lo sé. Probablemente no. Pero cara a cara con ellos… —Apretó las mandíbulas y habló con una enorme tensión, aunque sin llegar a gritar—. ¡Damián, tú eres periodista! ¡Puedes abrir puertas! —Dio un paso y le agarró los brazos—. ¡No conocías a Carlos, no le debes nada, pero él vio algo en ti, por eso quiso contarte lo que estaba pasando! ¡Te lo debes a ti mismo! ¿Crees que dormirás en paz ahora que me has conocido?

Damián no supo qué decir.

Cinco años cargando un peso.

Los mismos que ella había llorado al hombre con quien ya no compartiría su vida.

—¿No comprendes que estás vivo de milagro, porque una bomba se llevó por delante a ese hijo de puta asesino? —exclamó Maite, enervada—. ¿No ves en ello una señal, una segunda oportunidad? ¡Creía que los periodistas investigabais cosas, que por eso os metíais en el oficio!

—Soy fotógrafo —quiso recordarle sin éxito.

—¡Vi un texto tuyo!

—Pero esto no es una película americana, en la que el héroe se juega la vida hasta las últimas consecuencias y da con la verdad —contestó, intentando resistirse sin éxito—. Sigue habiendo una única realidad: que fuera lo que fuera lo que sabía Carlos, murió con él, y todo se quedó allí.

—¡No, no se quedó allí, está con los otros tres! ¡Basta con que uno hable!

—¿Y se ponga la soga al cuello?

—Damián, por favor… —Se le acercó un poco más, hasta casi pegar su cuerpo al de él. Damián podía asomarse a sus ojos, que eran como un abismo sin fin—. ¿Quieres que vaya contigo, que lo hagamos juntos? ¿Cómo esperas que regrese a casa y siga mi vida sabiendo que lo mataron? Por favor…

Ahora sí, lo abrazó.

Llorando.

Parecían una de tantas parejas rotas en la antesala de una separación por un largo viaje.

Las estaciones y los aeropuertos estaban llenos de lágrimas, Damián siempre lo pensaba, tanto al irse como al llegar.

Aunque abundaba más la tristeza de las despedidas que la alegría de las llegadas.

Damián acabó rodeándola con sus brazos.

Le acarició la cabeza.

Maite se desmenuzaba víctima del desaliento.

—¿Tanto lo querías? —preguntó absurdamente cuando ella menguó en su desfallecimiento.

—Era mi vida —susurró apartándose unos centímetros para mirarlo a la cara—. No he podido estar con nadie más. Me ha sido imposible. Dicen que el tiempo lo cura todo, pero en mi caso sigo con las heridas abiertas. Y duelen, ¿sabes? Escuecen cada día, sobre todo al despertar y abrir los ojos, y ver que estoy sola. —Hizo una breve pausa—. Quizá con los años todo cambie, pero no estoy segura, y menos ahora. Tenía que saber el motivo de que me escribiera esa carta y me hablara de ti. Tenía que saber por qué había llorado. Y ahora ya lo sé. ¿Tienes pareja?

No esperaba la pregunta, así que lo pilló de improviso.

—Sí —admitió.

—¿La quieres?

—Mucho.

—Imagínate que te la arrebatan y no sabes por qué.

Damián tragó saliva.

Maite disparaba con balas de plata.

—¿No querrías saber la verdad? —remató.

Una ambulancia pasó cerca de donde se encontraban ellos. El aullido de su sirena hizo que, instintivamente, miraran en su dirección. Tal vez alguien, en el interior, luchaba con la muerte aferrándose a la vida. Podía depender de un minuto y de la pericia del conductor que todo acabara con un final feliz.

Maite Sanpedro le acarició la mejilla.

Otro gesto inesperado.

—Prométeme que lo pensarás —le pidió.

Prometer era fácil.

Lo difícil iba a ser no cumplirlo.

—De acuerdo —asintió él.

—No lo digas si no vas a hacerlo. Prométemelo —insistió.

—Te lo prometo.

—Damián, hombres como Carlos mueren para que personas como tú y como yo sigamos vivas.

No estaba de acuerdo, pero no se lo dijo.

No podía luchar contra su dolor.

—Creo que lo mataron por ser honesto —continuó Maite—. Igual que las palizas del colegio. Era diferente. ¿Sabes lo que dijo Gandhi acerca de la violencia?

—No.

—Dijo que la peor violencia era la indiferencia.

Damián pensó que era curioso que le hablara de Gandhi.

Su personaje favorito.

25

No podía dormir.

Y lo peor era que sabía que sería la primera de muchas noches de insomnio.

Damián miró la esfera luminosa del reloj. Los dígitos rojos marcaban las tres y cincuenta y siete minutos.

Se dio la vuelta para no ver que el siete daba paso al ocho, el ocho al nueve, y luego todas las cifras cambiaban a las cuatro de la mañana.

El rostro de Elisabet, vuelto hacia él en la penumbra, le recordó las palabras de Maite.

Sí, ¿qué haría sin ella?

¿Qué sería de su vida, solo, después de tantos años esperándola?

Maite y Carlos habían estado juntos desde la adolescencia.

Y en realidad, tan poco tiempo…

«Han pasado cinco años y sigo esperando que vuelva», «Hubiera acabado en Greenpeace o en cualquier ONG», «Era una buena persona», «No he podido estar con nadie más», «La verdad la llevas tú encima», «Si tuviera dinero acudiría a un detective», «Carlos vio algo en ti», «Te lo debes a ti mismo», «¿No ves en ello una segunda oportunidad?», «¿Crees que dormirás en paz ahora que me has conocido?»…

Las palabras de Maite rebotaban por su mente, cargadas de calor y vehemencia, lo mismo que las que había leído en la carta de Carlos, escrita la noche antes de su muerte.

«Estoy asqueado», «Siento repugnancia», «No tengo compañeros, son bestias», «De la peor calaña», «Vinimos a ayudar, no a hacer daño», «Me siento cobarde por cerrar los ojos», «Mi conciencia no me permite seguir así más tiempo», «Mi única esperanza es que he conocido a un fotógrafo que parece buen tipo, íntegro y decente»...

Íntegro y decente.

Él.

Que había huido de Bosnia llevándose el secreto que, después de todo, salía finalmente a flote, como un corcho.

«La peor violencia es la indiferencia».

Alargó la mano y apartó un mechón de pelo de la frente de Elisabet.

Lo hizo de manera delicada, pero bastó el roce para que ella se agitara.

Quiso besarla.

Se contuvo.

El amor lo cambiaba todo. Convertía la fuerza en debilidad, la falsa libertad del individualismo en la dulce cadena de la compañía. Su vida tenía sentido desde que Elisabet estaba en ella.

Sí, quiso besarla.

Y algo más.

En lugar de eso se dio la vuelta de nuevo, pero no para mirar el reloj, sino para levantarse.

Lo hizo muy despacio, para que su novia no lo notara.

Una vez en pie salió de la habitación y se dirigió a la mesa en la que solía trabajar, con el ordenador presidiéndola. Lo puso en marcha y se sentó delante.

Sabía que ya no se acostaría.

Que el amanecer lo pillaría buscando algo.

Navegando por internet.

Finalmente, había llegado la hora de actuar.

TERCERA PARTE:
LA BÚSQUEDA

26

Una cosa era trabajar para una agencia internacional y otra muy distinta hacerlo para un potente medio del país. Lo primero era ideal: había más dinero, un respaldo importante, una mayor notoriedad si las fotos se publicaban en *The New York Times*, el *Herald Tribune*, *The Washington Post* o el *Bild*. Lo segundo resultaba más cómodo, más directo, fruto de la cercanía y la camaradería del roce casi diario. Había conflictos en todas partes, guerras de primera y segunda división, movimientos bélicos que importaban y merecían la atención del mundo y otros que apenas nadie sabía que existían. Desde que estaba con Elisabet, algo había cambiado en él.

No era lo mismo viajar a Cuba para fotografiar los eternos cambios sin cambios del régimen de Fidel Castro que meterse de lleno en una contienda con balas y bombas de verdad.

Las agencias lo reclamaban, pero llevaba unos meses muy cómodo en el periódico.

Por el momento, estaba bien.

Hasta que le volviese a entrar el gusanillo.

Álvaro Orellana acabó de escucharlo con la infinita paciencia que le daba el cargo. Probablemente ya ni recordaba cuándo fue reportero, antes de sentarse en la butaca de director. O quizá sí. ¿Olvida uno sus mejores años de brega? Las fotografías de su despacho hablaban de una densa vida entregada al oficio. Y los premios la avalaban. Era un hombre de unos cincuenta y muchos, cabello ya entrecano, bigote cuidado y barba rala. Vestía con dejadez. En su despacho nadie fumaba, así que olía sutilmente a lavanda. Al otro lado del ventanal, la ciudad era un ser vivo que palpitaba sin saber que allí, en aquel reducto, se cocinaban las noticias que al día siguiente leerían todos.

Todos los que leían los periódicos, claro, que tampoco eran muchos.

España siempre en primera línea… por la parte de abajo.

Cuando Damián acabó de contárselo todo, el hombre echó un vistazo a las fotografías diseminadas sobre su mesa.

La de Carlos Artiach, muy ampliada, en primer término.

Debajo, las de su cadáver.

—La historia es buena —dijo asintiendo con la cabeza—. Aunque, desde luego, no tienes nada sólido y lo sabes —remachó con su habitual contundencia.

—Por eso quería hablar contigo.

Álvaro Orellana agitó la mano derecha en el aire.

—Un soldado que llora, cuatro que lo amenazan, uno de ellos lo mata y muere a continuación… —expuso, resumiendo la historia—. Y tú como testigo único.

—Más que testigo… candidato a cadáver —le recordó.

—Ese es el único punto que lo convierte en algo potencialmente atractivo. Pero es tu palabra contra la del ejército. Y cinco años después. Si entonces ya era complicado soltar una bomba así, ahora…

—No es suficiente para levantar la liebre y provocar una investigación.

—No —respondió con rotundidad—. Se nos caería el pelo. Si no conocemos ni siquiera el motivo del asesinato, qué sabía ese soldado… Aquí no hay supuestos que valgan.

—El cabo Murillo quiso matarme pensando que Artiach me lo había contado.

—O pensó que lo habías visto asesinarlo y no quiso correr riesgos —lo corrigió el director—. Ambas teorías son posibles. Por lo menos los otros tres no lo intentaron. Dices que los viste al embarcar en el avión.

—Sí.

—¿Y qué decían sus caras?

—«Estamos aquí», supongo.

—Puede que Murillo actuara por su cuenta y no conocieran sus planes.

—Pero lo que sabía Artiach los involucraba a todos, eso seguro.

Álvaro Orellana tamborileó sobre la mesa con los dedos de la mano derecha, al lado de las fotografías que seguían siendo un grito silencioso.

—¿Tienes alguna teoría? —preguntó, soslayando la mirada de Damián.

—Se me ocurren una docena.

—¿Tráfico de drogas, armas, haber matado a alguien voluntaria o accidentalmente, haber metido la pata y debido a ello haber causado esa matanza en el pueblo…?

Damián no se atrevió a señalar una.

Todo era posible.

—Sabes lo que has de hacer, ¿no? —dijo el director.

—Encontrar a esos tres —respondió él.

—Quizá baste con uno. Pero sí. Si lo haces puede que tengas una historia. Tráeme pruebas y estaré encantado de publicarlo, en primera plana. Aunque lo de escribir un libro después, según lo que salga de ahí, no estaría mal. Siempre te he alentado a escribir más.

—Lo intento, y lo hago, pero prefiero las fotos.

—No te menosprecies. Mientras yo sea el director de este periódico, contaré contigo. ¿Cuándo he pasado por alto el talento?

—Gracias.

Álvaro Orellana sonrió.

—¿Sigues buscando la Gran Foto?

—Sí.

—¿Cómo sabrás que la has hecho?

—Lo sabré, descuida. Todos lo saben cuando la hacen.

—Esta es buena. —Señaló la de Carlos Artiach llorando—. Muy buena.

—Le falta algo para ser la Gran Foto.

—¿Qué es? —inquirió, alzando las cejas.

—Retraté su alma, pero no la mía.

La sonrisa se acentuó.

—Eres un poeta.

Damián soltó una carcajada.

—¡Ja! ¿Poeta? ¡Lo que faltaba! Me han dicho muchas cosas, pero poeta…

—Tú lo sabrás cuando hagas esa foto, pero yo llevo años tratando con periodistas y fotógrafos —declaró—: Eres un poeta.

Se quedaron mirando unos segundos. Damián echó un vistazo al reloj. Llevaba allí sentado un buen rato. Nadie los había interrumpido, cosa rara. Sin embargo, Álvaro Orellana no parecía tener prisa.

—Esto no lo vas a hacer solo por un reportaje que puede ser un bombazo, ¿verdad? —dijo de pronto.

—No. —Damián suspiró.

—Lo harás por ti mismo.

—Sí.

—¿Tan mal te sientes?

—Después de hablar con esa mujer, peor.

—Escucha. —Levantó la mano y el gesto tuvo mucho de paternal—. No te culpes o será peor, porque perderás la objetividad. Eras joven, estabas en tu primer trabajo como corresponsal, en medio del glorioso ejército español, tan carpetovetónico, imagino, como el americano, el inglés o el que sea, lleno de normas no escritas en aras de ser buenos soldados y perfectas máquinas bélicas. ¡Yo también me habría acojonado! Tuviste miedo, o actuaste con cautela, vale, ¿y qué? ¡Era lo más lógico! Ahora puedes ver las cosas con mucha más perspectiva, y encima tienes más experiencia. No va a pillarte el toro.

—¿Estás seguro?

—Si te pilla, mejor. Un escándalo mayor le iría de perlas a tu libro.

—¡Serás…!

—¿Necesitas dinero?

Era un buen hombre. Pocos le habrían dicho eso.

—No, tranquilo —le agradeció Damián.

—Pues ya está. —El director del periódico se puso en pie—. ¡Que tengas suerte! —Le tendió la mano y le dio un último consejo—: Guarda tus notas en lugar seguro y cúbrete las espaldas, por si el tema es más gordo de lo que te imaginas y corres peligro.

Damián supo que hablaba en serio.

Como si tal cosa, pero muy en serio.

27

Acababa de contarle la charla con Álvaro Orellana y se tomaban un respiro. Elisabet lo había escuchado con atención, sin interrumpirlo. Ahora tocaba la reflexión.

Damián esperaba la reacción de su compañera.

—O sea que lo harás —dijo finalmente ella.

—Sí —reconoció él.

—Buscarás a esos tres hombres.

—Si crees que hago mal…

—Para el carro —lo interrumpió levantando una mano—. A mí no me pases el muerto ni me vengas con excusas. Si has de hacerlo… mejor dicho, si crees que has de hacerlo, hazlo. Pero por ti, no por lo que yo piense o deje de pensar.

—Pero ¿qué piensas?

—Que haces bien —sentenció con rotundidad.

—Pues menos mal.

—Cariño —hundió en él unos ojos rebosantes de ternura—, llevas cinco años cargando con eso. Ni siquiera me lo habías contado a mí, lo cual significa que lo has soportado solito, en lo más profundo de tu ser. Es hora de que lo saques y quieras saber qué pasó, por qué mataron a ese pobre chico y por qué intentaron matarte a ti. —Se estremeció al decirlo.

—A lo peor lo mío fue simple casualidad —aventuró, queriendo restarle importancia—. Me encontré el cuerpo de Artiach y Murillo pensó que lo había visto hacerlo.

—No busques explicaciones donde no las hay —aseveró Elisabet—. Pasara lo que pasara, fue grave. Nadie se propone matar a dos personas por nada.

Damián se apoyó en el alféizar de la ventana y se asomó. La noche caía plácida sobre Barcelona. El tráfico, en su calle, era casi inexistente. La sensación de calma era absoluta. Y también el sentimiento de pertenencia, de paz, como si allí nada pudiera ser malo. La vida fluía, pero en forma de río, no como un torrente destructor.

Él iba a saltar a esa corriente.

Y como cualquier masa de agua descontrolada, nadie podía saber adónde se dirigía.

Elisabet se acodó a su lado.

La conversación no había terminado.

—¿Qué crees que harán si los encuentro? —preguntó Damián con un suspiro.

—Nada.

—Mujer, alguna reacción tendrán.

—Puede que miedo, indiferencia, culpa... Vete a saber. Allí había una guerra. Aquí no. Allí era cuestión de sobrevivir, con la mente embrutecida por un solo objetivo. Aquí, ahora, seguro que todo aquello les parece lejano. Una nebulosa en la que vivieron, pero de la que ya no querrán acordarse. Incluso si te acercas demasiado pensarán que, aunque descubras la verdad, seguirás sin pruebas.

—Es que eso es lo malo: la verdad. Solo pueden decírmela ellos. Y no creo que les dé por hacerlo.

—Basta con que lo haga uno. Siempre hay un duro, un intermedio y un tercero al que le sale la conciencia.

—Mira que eres optimista.

—¿Yo? Ni mucho menos. Lo que pasa es que confío en ti.

—Siempre me lo dices.

—Porque es cierto. Tienes instinto, y eso es un don. Seguro que llegado el momento sabrás qué hacer.

—Ojalá pudieras venir conmigo —repuso él.

—Sería un estorbo —aseguró ella, sin rodeos—. Llévate a la novia de Artiach.

—No, mujer, no.

—Lo único que te pido es que tengas cuidado y no te arriesgues. Si sabían que Murillo mataría a Artiach, son cómplices de asesinato. Si no lo sabían, igualmente forman parte del secreto que ocultaban. No creo que vayan a pegarte un tiro, pero no te fíes.

—Lo dices con una frialdad…

—¿Qué quieres, que me ponga ya a sufrir? Cuando vuelvas a irte a una guerra será peor, ¿no crees?

Damián le pasó un brazo por encima de los hombros.

Le besó la mejilla.

—De todas formas te prefiero a ti, y así, antes que a un oficinista esclavo trabajando en una siniestra empresa con un jefe cabrón. Mi padre se pasó la vida llegando a casa de una mala hostia… —Cambió de tema para preguntarle—: ¿Cómo lo harás para dar con alguno de ellos?

—Tengo un contacto.

Elisabet soltó una espontánea carcajada.

—¡Pareces un mafioso de esos! —Y lo repitió como si fuera Marlon Brando haciendo de Padrino—. «¡Tengo un contacto!».

—Mira que eres mala. —Damián apenas si pudo creer su frivolidad.

—Yo no soy mala. —Le guiñó un ojo—. Como dice la de Roger Rabbit, es que me han dibujado así.

Dejaron de reír al cabo de unos segundos, pero él ya no retiró la mano de encima de los hombros de ella. Volvió a besarla hasta que

Elisabet apoyó la cabeza y se quedó quieta disfrutando de las caricias que empezó a hacerle en el cuello.

Finalmente se separó de su lado para quedar frente a él. Le tomó el rostro entre las manos y se pegó a su cuerpo.

—Damián.

—¿Qué?

—Pase lo que pase, tengas o no tengas el final, escríbelo, en serio.

—Eso lo tengo claro.

—No un simple reportaje. Un libro. Ya sé que eres fotoperiodista, pero los reportajes se leen hoy y mañana se olvidan. Los libros quedan. Aunque sea con los nombres cambiados, si das con la verdad…, valdrá la pena. Has de sacar al escritor que llevas dentro.

—Creo que tendré que hacerle caso a mi madre y casarme contigo —bromeó él.

—Pues si yo he de hacerle caso a la mía…

—Ya lo sé. Piensa que un día me pegarán un tiro y no volveré.

—Si solo fuera eso… ¡Lo que piensa es que un día te liarás con una nativa en alguna parte, así, en plan tórrida aventura, y me dejarás por ella, compuesta y sin novio!

—Tu madre es la alegría de la huerta —dijo Damián.

—Y la tuya una casamentera que quiere verme de blanco.

—Eso sí, y en una iglesia.

Los dos se imaginaron casándose en una iglesia, ella de blanco y él con traje.

Debió de parecerles un chiste.

Una película de humor.

Se echaron a reír y acabaron haciéndolo con ganas, casi llorando, abrazados como niños pillados en una diablura.

28

Eduardo Sensat era su primo segundo por parte de padre y unos años mayor que él. Lo había tratado poco, pero por lo menos no se sentían extraños al verse. Lo importante, más allá de que fuese médico, es que había sido quien lo ayudó a salvarse del servicio militar años atrás, cuando no existían objeciones de conciencia ni nada parecido y negarse a cumplir con el deber patrio se castigaba con la cárcel. La mujer de Eduardo también era médica, y el hermano de ella tenía una graduación alta en el ejército, capitán o comandante, ya no lo recordaba. Gracias a todo eso y con un buen regalo por su parte, Damián esquivó la odiosa mili tras haber sido destinado nada menos que a la Marina.

Él, que odiaba los barcos porque se mareaba nada más subir a uno.

Al entrar en su despacho, Eduardo ya estaba de pie, con los brazos abiertos, cordial.

—¡Pero bueno!

Se palmearon la espalda. La última vez que se habían visto fue en un entierro, el lugar en el que las familias solían coincidir en pleno. De ello hacía unos pocos meses.

—¿Cómo estás, medicucho?

—¿Yo? Pues aquí, matando gente. ¿Y tú? ¿Cómo van esas guerras?

—Ahora no viajo tanto como corresponsal, pero, desde luego, por trabajo, perfectas. No faltan. Siempre hay alguien dispuesto a pegar tiros. —Se sentó en una butaca a indicación de su anfitrión—. ¿Qué voy a decirte? Lo que ves es muy deprimente, pero es lo que hay.

—¿Qué te crees, que decirle a un hombre de cincuenta años que tiene cáncer y que no pinta bien es agradable?

—No, claro.

—De todas formas, debes de ver cosas duras —repuso el médico.

—No veas lo que me encanta cuando a veces me mandan a fotografiar elefantes, o focas al Polo Norte, que se te hiela todo, vale, pero ese silencio…

—¿Dónde has estado últimamente?

—En Cuba. Tras la crisis de los balseros del noventa y cuatro siguen pasando cosas. Han vuelto los restos del Che Guevara, está la visita del Papa… Mucho y variado.

—¿Y las jineteras? —El médico puso cara de malo.

—Nada —lo calmó Damián—. Eso era antes. Castro les ha apretado las tuercas para evitar el turismo sexual.

—Desde luego… —Eduardo se echó a reír—, ¡para no querer hacer la mili bien que te pasas el día en conflictos bélicos y rodeado de militares!

—Y que lo digas, aunque no es lo mismo. Y te repito que desde que estoy con Elisabet me meto menos en líos.

—Gran chica.

—Estoy de acuerdo.

Habían hablado ya de las naturales trivialidades. Eduardo Sensat era un hombre ocupado, aunque a esa hora no tenía pacientes esperándolo. Fue él mismo el que decidió ir al grano.

—¿Y qué te trae por aquí? Visita de cortesía no será, digo yo. Y si estás enfermo…

—No, no. —Damián cruzó los dedos ostensiblemente—. Venía a pedirte un favor.

—Para eso están los médicos, para que se les pida favores. O milagros. Es una de las profesiones de las que no puedes alardear, porque en cualquier reunión siempre hay alguien que te dice que le duele aquí o allí y que si sabes qué es. ¡Estamos condenados! ¿Sabes que en los últimos cinco viajes que he hecho en avión, en dos han dicho por los altavoces eso de «Si hay un médico a bordo...»? ¡Jesús!

—Bueno, es un favor pequeño.

—Va, dispara —lo animó—. Si hubiera querido una vida tranquila me habría hecho farmacéutico, que esos sí viven bien. ¡O notario!

Damián se lo dijo.

—¿Cómo puedo encontrar a tres soldados españoles que estuvieron en Bosnia en el noventa y cinco?

Eduardo Sensat levantó las cejas.

Pero no preguntó el porqué de tan extraña petición.

A fin de cuentas, su visitante era periodista.

—¿Sabes los nombres y la compañía?

Damián le dio la información. El médico lo anotó en un papel. Nada más acabar volvió a encararse con él.

—¿No fue en Bosnia donde te hirieron?

—Sí.

—Esa búsqueda tuya no tendrá nada que ver con eso, digo yo.

¿Qué podía decirle?

—No, no, aunque eran los compañeros de los otros, los que murieron en la refriega. Quiero escribir sobre eso ahora que han pasado cinco años.

Pensó que Eduardo Sensat le diría que era difícil.

Y no.

—Creo que será relativamente fácil —comentó, quitándole importancia al tema—. Por lo menos saber cuándo acabaron el servicio y, tal vez, sus direcciones de entonces. Las actuales, si han cambiado de domicilio, es otra cosa. ¿Te corre prisa?

—No, qué va.

—Haré unas llamadas. Yo mismo conozco a uno de intendencia y a un par de ministerio. Incluso a uno que anda por el Estado Mayor. No hará falta que meta al que te ayudó entonces.

—Pues sí que estás tú bien conectado.

—Ya ves. —El médico hizo un gesto de suficiencia—. Cuando lo tenga, te doy un toque. ¿Estarás por aquí?

—Me voy dentro de un par de días a Melilla, para hacer fotos de la situación allí.

—Un polvorín, ya te digo. Aunque lo será siempre.

Damián pensó que ya le había robado demasiado tiempo. Y, además, tenía lo que quería.

La posibilidad de dar con alguno de ellos. O los tres.

—No te molesto más. —Se puso en pie.

—Nada, hombre. Un gusto verte —Eduardo Sensat lo imitó—. Me alegro de que sigas con tu novia.

—¿Por qué no iba a seguir?

—¡Huy, mira ese! —Soltó un resoplido—. Hoy en día todo va tan rápido que uno ya no puede dar nada por sentado. —Lo acompañó a la puerta mientras hablaba—. El hijo de un amigo mío vivió con la novia siete años, ¡siete! Al final deciden casarse, me lo encuentro a las tres semanas de la boda, le pregunto que qué tal la vida de casado, y me suelta que se separaron nada más regresar de la luna de miel. ¿Qué te parece? ¡El tipo estaba de psiquiatra, claro!

—Hay gente para todo —respondió él, sin saber qué más decir.

—Tu chica me pareció que valía su peso en oro. ¿Cómo…?

—Elisabet.

—Exacto, Elisabet. —Chasqueó los dedos—. Solo la he visto dos o tres veces, pero fue suficiente.

Hora de despedirse. La puerta ya estaba abierta. Se abrazaron por última vez.

—Te llamo en cuanto sepa algo de esos tres —fue lo último que le dijo el médico.

29

El mar estaba tranquilo, y la paella, aunque no era precisamente valenciana, muy buena. O sería que tenía hambre.

Le chupó la cabeza a una gamba hasta que la dejó seca.

Cogió otra.

Se fijó en un chico apostado cerca de la orilla. Tendría unos dieciséis o diecisiete años. Permanecía de pie y Damián lo veía de lado. Miraba más allá del mar. Miraba hacia el horizonte.

Posiblemente soñando con «la orilla rica».

España.

Europa.

Quizá dentro de unos días lo deportarían o regresaría a Marruecos. Quizá dentro de unos días cruzaría el mar en una patera, bien para morir en él, bien para llegar a la Península y comprobar que todos los paraísos tienen infiernos.

Cogió la cámara y disparó una serie de cinco fotos.

Luego, los dos siguieron con lo suyo, el chico oteando el futuro y Damián chupándole la cabeza a las gambas que, no mucho antes, habrían estado paseando como reinas en el fondo de las aguas.

Estaba terminando la paella cuando vio algo más.

Otra escena muy distinta.

Llegaron un hombre y una mujer acompañados de cuatro hijos, dos niños y dos niñas de edades comprendidas entre los ocho y los trece años. La mujer vestía de negro de la cabeza a los pies. Lo único que se veía de ella eran los ojos.

Supo lo que iba a pasar y se puso en guardia.

Porque no era la primera vez que lo veía y siempre, siempre, se incomodaba. Peor: se ponía como una moto.

La mujer y las dos niñas se quedaron bajo un árbol, a cierta distancia de la orilla. Más que protegerse del sol, lo que hicieron fue ocultarse, parapetarse a la sombra para que nadie las viera. Las niñas iban tan tapadas como la madre, con la cabeza cubierta aunque no el rostro. El hombre y los dos niños, en bañador, se lanzaron a la carrera y se zambulleron en el agua entre gritos de alegría.

Al momento estaban jugando, disfrutando del baño.

Mientras tanto, sus hermanas y su madre los miraban con distante tristeza.

Damián temió que la paella se le indigestara.

¿En cuántos lugares había visto escenas similares, de desprecio a las mujeres y machismo amparado en la religión y en creencias tan ancestrales como obsoletas?

¿Cómo podía crecer una sociedad apartando a la mitad de la población, por lo general incluso más preparada que la masculina?

Al anochecer, si seguían en la playa, la mujer y sus hijas sí podrían bañarse, cuando ya no hubiera gente, y desde luego tan tapadas como iban ahora.

Sin enseñar un solo centímetro de su piel, no fuera que alguien se excitara o se molestara.

Aun así no olvidó su trabajo. La luz era excelente. Tomó otra serie de fotografías, de unos y otras, utilizando el teleobjetivo para captar los rostros de ellas.

Su irritación lo llevó a recordar algo más.

Bosnia-Herzegovina.

Allí también se había perpetrado un genocidio, en especial contra las mujeres, para que no tuvieran hijos.

Para evitar que, en el futuro, pudiera haber más enemigos en el caso de otra inevitable guerra.

No quería, pero acabó la paella sin dejar de mirar a las niñas, imaginando su futuro, sin escolarizar, ayudando en casa, destinadas a bodas concertadas, tal vez con hombres mayores, porque si el padre las trataba ahora así, las esperanzas de libertad eran más bien nulas.

El mundo era complejo.

Los humanos, irracionales.

Un día esas mismas niñas, ya casadas y con hijos, repetirían la misma escena, sin alzar la voz, sin poder quejarse, sin protestar. En algunas mezquitas no faltaban los imanes que aseguraban que según el Corán estaba permitido golpear a la mujer «con una fina vara de fresno», para no dejarle marcas.

Castigos físicos a las puertas de un nuevo siglo.

¿Cuántas guerras harían falta para que cambiara eso y las mujeres fueran iguales en todo el planeta?

¿Una utopía?

Pidió la cuenta, sin esperar a tomar café, incapaz de oír por más tiempo las risas de los niños y el silencio de las niñas, y se levantó en busca de un bar para rematar la comida. O quizá se contentase con un helado.

Lo primero que encontrase.

Lo primero que encontró fue una cabina telefónica, ¡y funcionaba!

Se le antojó un milagro.

Introdujo las monedas que llevaba encima, lamentando haber dejado tantas como propina en el restaurante, y marcó el número de casa.

La cantarina voz de Elisabet lo saludó.

—¡Hola, Richard Avedon!

—¿Cómo sabías que era yo?

—¿A esta hora? Fijo.

—Y no me llames Richard Avedon, que ese, entre otras cosas, fotografía señoras despampanantes. Mejor Cartier-Bresson o mi dios, Sebastião Salgado.

—Venga, cállate, Damián Roca —replicó, utilizando nombre y apellido como distintivo—. ¿Cómo va todo?

—Bien, muy bien. He hecho cosas muy buenas, ya lo verás.

—¿Desde dónde llamas?

—Una cabina. La he visto al pasar y me apetecía escuchar tu voz.

—Ah, pues yo esperaba que llamaras, ya ves. Si no, lo habría hecho yo esta noche, a la pensión, aunque pareciera control de novio y todo eso.

—A veces aún no sé si hablas en broma o en serio.

—Ya sabes que yo, lo que digo sonriendo, es serio, y lo que digo seria, es broma.

—Por Dios…

—Digo que iba a llamarte porque ha telefoneado tu primo, el médico.

—¿Eduardo?

—Sí, esta mañana.

—¿Qué te ha dicho?

—Pues que ya te ha localizado a los tres.

—¿En serio? —No podía creer que hubiera sido tan fácil—. ¡Qué rápido!

—Lo bueno es que el primero vive en Almería —continuó ella—. Más cerca, imposible. Bueno, quiero decir que mejor cruzar el mar de Alborán desde Melilla a Almería que venir a Barcelona y tener que volver a bajar. ¿Tienes dónde apuntar?

—Espera. —Con la mano libre sacó el bolígrafo del fondo de la bolsa de las cámaras y luego encontró un papel de algún pago que pudo utilizar sin problemas. Lo apoyó en la repisa de la cabina, bajo el teléfono—. Ya, dime.

Anotó las señas que le dio ella.

Eran las de Vicente Espinosa.

Se guardó el papel y el bolígrafo de nuevo y comprobó el tiempo que le quedaba.

—Oye, si se corta, no tengo más monedas —advirtió.

—¿Por qué no te compras de una vez un teléfono móvil? —se quejó Elisabet—. Todo el mundo acabará llevando uno.

—No me gusta llevar bultos ni trastos inútiles, ya lo sabes. Y además está la seguridad.

Siempre pensaba en lo inoportuna que podía ser una llamada telefónica si fotografiaba a un animal en silencio, o si lo hacía en secreto a alguien que no se apercibía de ello, o si acompañaba a unos soldados y sonaba el maldito timbre.

—Eres un antiguo —le espetó su novia.

—¿Dónde viven los otros dos? —Sentía curiosidad.

—Uno en Madrid, el otro en Burgos. Lo malo es que el de Madrid no se licenció. Sigue en el ejército.

—No fastidies. —Comprendió que eso era malo.

—Es sargento —lo acabó de rematar Elisabet.

—Vaya. —Suspiró.

—Será peligroso. Un hueso. Quizá lo mejor sería que te concentrases en los otros dos porque…

Se escucharon unos pitidos agudos.

La conversación tocaba a su fin.

—Eli, esto se corta, ¡te quiero!

—¡Llámame mañana de todas formas, y si vas a…!

No hubo más.

Damián se quedó mirando el auricular como si acabasen de arrancarla de su lado abruptamente.

30

Se mareaba en barco, a la más mínima, pero el mar de Alborán estaba tan tranquilo como si en lugar de cruzar el Mediterráneo en un ferry estuviese dando un paseo en bote por el lago de Banyoles.

Incluso iba acodado en la barandilla de proa, notando cómo la brisa marina le llenaba de salitre el rostro.

En el ferry se mezclaban españoles y marroquíes, más el consabido cupo de turistas de diferentes nacionalidades. Ya había oído hablar en francés, inglés e italiano.

Ninguna patera a la vista.

¿Qué hacía un ferry si divisaba una?

¿O trataban de cruzar al otro lado de noche?

Pensaba en sus fotos, hasta que comprendió que esas instantáneas representaban el dolor de los que se jugaban la vida en el empeño.

La Península empezó a tomar forma en la distancia.

Incluso vio los destellos de los inmensos campos de plástico que protegían las cosechas, a la izquierda de la costa almeriense.

Allí dentro las personas se cocían a más de cuarenta grados.

Había tantos reportajes por hacer, tantas fotografías por tomar…

Había vuelto a hablar con Elisabet, así que tenía más datos de Espinosa, Portas y Sotomayor. Las señas de los dos primeros, en

Almería y Burgos, eran las de cuando estaban en el ejército. Podrían haberse mudado. Podrían incluso estar muertos, o viviendo fuera de España. Las de Sotomayor, en cambio, eran las de un piso que mantenía en Madrid, al margen de que también viviera en el cuartel de turno. De esta forma podía llevar una cierta vida privada.

La información de Eduardo Sensat era perfecta.

No exhaustiva, pero sí suficiente.

No lo habría conseguido sin él.

Una persona, cerca, hablaba por un teléfono móvil un tanto aparatoso, con una antenita extensible. Y lo hacía a gritos.

Sin el menor pudor por su intimidad.

Se apartó de su lado y de la proa del ferry. De pronto, el viento que venía de cara era más cortante. Optó por meterse a cubierto. Buscó un asiento y cuando lo encontró cerró los ojos.

Memorizó los rostros de Vicente Espinosa, Amadeo Portas y Genaro Sotomayor.

¿Cuánto habrían cambiado en cinco años?

Y no solo en lo físico.

¿Cómo lo recibirían?

Sus miradas aquel día, mientras embarcaba herido para regresar a España…

Lo que todavía no sabía era cómo dirigirse a ellos.

¿Lobo con piel de cordero? ¿Paloma? ¿Iba de camarada para granjearse su complicidad, o de periodista agresivo dispuesto a destapar lo que fuera si no colaboraban?

Complicado.

—¿Ves como lo tuyo son las fotos? —se dijo en voz alta.

—¿Cómo dice, señor?

Miró a su izquierda. Una mujer mayor esperaba su respuesta. Tenía un rostro apacible y bondadoso.

—Ah, no, nada, perdone —se excusó—. Hablaba solo.

No fue la mejor explicación.

La mujer lo observó como si estuviera loco.

Nadie hablaba por la calle consigo mismo, a no ser que estuviese loco.

El hombre del teléfono móvil seguía gritando.

Él sí lo parecía.

Damián se levantó para no tener que dar más explicaciones.

Pensó en lo poco que duraba el viaje entre Melilla y Almería en ferry. Lo poco que separaba los dos mundos. Y, sin embargo, en avión, aún duraba menos el trayecto entre España y Bosnia-Herzegovina. Otros dos mundos opuestos, diametralmente opuestos, con gentes diferentes, normas y costumbres casi antagónicas.

En muy poco rato iba a estar frente a Vicente Espinosa.

En muy poco rato se enfrentaría a uno de aquellos hombres.

Retrocedería cinco años en el tiempo, pero se enfrentaba a ellos en el presente.

Se sintió extraño.

Pero finalmente en paz.

Pasara lo que pasara, entonces y ahora, iba a descubrir la verdad.

31

La calle era humilde, casas blancas y bajas, cerca del mar, por eso tal vez estaban tan deterioradas, como si un vendaval continuo las hubiera castigado de manera inclemente. Encontró el número 29 y se vio al pie de un edificio de tres plantas, ventanas abiertas, sin portera, pero con la puerta mal cerrada. Una escalera con la mitad de la cerámica rota lo condujo hasta la primera planta. Tomó aire y pulsó el timbre.

Nadie al otro lado.

Probó en la puerta de enfrente.

Tuvo más suerte. Le abrió una mujer que se secaba las manos en un delantal, con el cabello alborotado y la cara redonda y roja como una sandía.

Casi hablaron al mismo tiempo.

—Usted dirá.

—Perdone, señora —dijo Damián, sacando a relucir su más exquisita cortesía—. Estoy llamando a su vecino y parece que no hay nadie. ¿Sabría…?

—No, claro que no hay nadie —lo interrumpió de inmediato—. La señora Miguela hoy está con su hija pequeña, que es jueves. —Le amplió la información agregando—: Volverá a eso de media tarde.

—En realidad buscaba a Vicente.

—¿El Vicentico? —Se le iluminó la expresión—. ¡Huy, ya no vive aquí!

—¿Sabe dónde podría encontrarlo?

—¿Y usted quién es? —preguntó, comprendiendo de pronto que estaba hablando con un extraño.

—Soy un amigo de cuando estuvimos en el ejército, en Bosnia.

—¡Ah, vaya! —De la expresión iluminada había pasado a la cautelosa, y ahora le tocaba el turno a una de serio dolor.

—Le dije que si un día pasaba por Almería, vendría a verlo. Y aquí estoy.

—¿Así que no sabe que se casó?

—Pues no, mire por dónde.

—Sí, sí, con una chica muy maja. —Sacó pecho, feliz por darle buenas noticias—. Es lo que más le convenía, porque después de todo aquello… ¡Ay, Señor! Lo que no haga una buena mujer…

—¿Sabe dónde vive? —insistió Damián repitiendo la pregunta.

—Aquí cerca, en la calle Pelayo, al lado del hotel Torreluz y la plaza Flores, aunque a estas horas estará trabajando. Seguro que lo pilla mejor por la tarde. El número no lo sé, pero no tiene pérdida. Es la casa de las persianas amarillas. Él está en el primer piso.

Hora de retirarse.

—Gracias, ha sido muy amable.

—No hay de qué, hijo. —Se puso en plan maternal—. Con lo mal que lo pasaron allí, ¿verdad?

—Y que lo diga.

—Total, por ayudar a gente a la que ni conocíamos. ¡Y el Vicentico nos contaba cada cosa…! —Movió la mano derecha arriba y abajo—. Mire que eran raros, ¿eh?

—Como en todas partes.

—Sí, ya, pero habiendo tiros…

—Buenos días.

—Vaya usted con Dios.

Bajó la escalera pensando que mejor irse con Dios pasados los noventa.

Encontró la plaza, el hotel y la casa de las persianas amarillas, mucho más nueva que la de la primera dirección. Tal y como acababa de decirle la vecina, no había nadie. Se metió en un bar dispuesto a quemar las horas de espera y leyó el periódico. Acabó cansado de estar sentado y se dio una vuelta por la ciudad. El sol caía a plomo y ni siquiera sacó la cámara. La mayoría de los marroquíes que llegaban en patera acababan detenidos en los centros de refugiados de la ciudad. Quizá fuera un buen reportaje fotográfico, aunque no le gustaba improvisar.

Una cosa era captar el momento en una guerra o en cualquier otra parte y otra muy distinta ir a una ONG como Almería Acoge y pedir permiso para hacerles fotos a los pobres que esperaban ser devueltos a su país.

Regresó al bar en el que había leído el periódico y esta vez optó por comer y ya no moverse.

La comida era buena.

Las horas, lentas.

A media tarde, tal y como le había dicho la vecina, lo vio llegar.

Lo reconoció al momento, aunque estaba más grueso. Lo acompañaba una mujer en avanzado estado de gestación. Quizá ya al borde del parto.

Damián tragó saliva.

Cinco años daban para mucho. Él había encontrado a Elisabet. Vicente Espinosa a su mujer, e iba a ser padre.

¿Complicaba eso lo que fuera a suceder con la herencia del pasado?

La pareja entró en la casa.

Desaparecieron de su vista.

Damián siguió sentado sin saber qué hacer.

Hasta que llamó a la camarera.

—¿Tiene usted una guía telefónica, por favor?

—Ahora mismito se la traigo, señor —contestó la chica, con una sonrisa.

Era guapa, atractiva, de aire moruno y mirada pícara. Tendría unos veinte años y seguro que sacaba buenas propinas con aquellos ojos y aquella sonrisa.

Regresó con la guía.

—Yo no estoy ahí. —Le guiñó un ojo.

Damián buscó Espinosa. Era posible que el exsoldado viviera en su nueva casa desde hacía poco, en cuyo caso no estaría en la guía. Se alegró de comprobar que sí. Coincidían las señas y el nombre. Anotó el número de teléfono y se levantó.

Le devolvió la guía a la chica en la barra.

—¿Tenéis teléfono?

—En la esquina hay una cabina, prenda —respondió. Seguía coqueteando con él.

—¿Qué te debo?

La camarera le pasó la cuenta y él le dejó la generosa propina que merecía. Sus ojos se cruzaron por última vez. De fuego y aceitunas los de ella. De calma y silencio los de él. Salió a la calle y llegó a la cabina. Se alegró de haber dejado la bolsa con la ropa en la consigna. Bastante pesaban las cámaras y así tenía las manos más libres. Por desgracia, mal endémico español, la cabina no funcionaba, así que tuvo que empezar a dar vueltas hasta encontrar otra, con miedo de alejarse demasiado de la vivienda de Vicente Espinosa.

Encontró una en condiciones a la tercera, cuando empezaba a sentirse furioso.

Quizá sí que tendría que comprarse uno de aquellos teléfonos móviles.

Marcó el número.

Y oyó su voz.

—¿Vicente Espinosa? —preguntó para asegurarse.

—Sí, soy yo, ¿quién llama?

—Soy Damián Roca. No sé si se acuerda de mí —dijo. Prefirió no tutearlo.

—¿Roca? No. —La voz era áspera.

Se lo soltó a bocajarro.

—Bosnia, en el noventa y cinco. El fotógrafo.

Fue suficiente.

El silencio que dominó la línea fue muy denso.

Pesado.

Hasta que se oyó una voz de fondo, femenina, que preguntó:

—¿Quién es, cariño?

Y la respuesta de Vicente Espinosa:

—Nada, del trabajo.

—Lo espero en la calle —acabó diciendo Damián—. Cinco minutos.

—¡Oiga! —reaccionó el exsoldado rezongando en voz baja.

—¿Quiere que suba y hablemos delante de su mujer embarazada? —espetó el fotógrafo, lanzándole el más efectivo de los dardos.

De nuevo el silencio.

Quizá la cautela de tenerla cerca.

—Abajo en cinco minutos. No le molestaré mucho. Solo quiero hablar, ¿de acuerdo?

Y colgó sin esperar su respuesta.

32

Cuando llegó de nuevo a la calle, Vicente Espinosa ya estaba en el portal de su casa, nervioso.

Él también lo reconoció al verlo aparecer.

No dejó que se acercara y caminó a su encuentro. Tenía la mirada encendida y el rostro atravesado por un rictus de duda y fiereza. Nada más llegar a su lado, lo empujó en dirección a la esquina, a un par de metros, para apartarse de su domicilio.

Fue el primero en hablar, y su tono no ocultó la tensión con que lo recibía.

Ni mucho menos amigable.

Caretas fuera.

—¿Qué está haciendo usted aquí?

—Estaba de paso —se limitó a decir Damián.

—¿Cómo ha dado conmigo?

—Preguntando.

—¡Por Dios…! ¿Se ha vuelto loco?

Era como si él mismo se pusiera la soga al cuello.

Como si pensara que estaba allí sabiendo ya algo.

Damián siguió dándole carrete.

—¿Yo? ¿Por qué? —No trató de fingir inocencia a pesar de sus palabras.

—¡Han pasado cinco años! —mascullό Espinosa con los puños apretados.

—¿Y qué?

Fue suficiente. El exsoldado pareció dispuesto a estamparle los puños en la cara, fuera de sí, pero se lo pensó mejor. Tomó aire y en lugar de eso se apoyó en la pared, de espaldas. Cruzó los brazos mirándolo con la rabia del que se siente inesperadamente acorralado. Su respiración siguió siendo agitada.

—Dígame una cosa: ¿fue Murillo?

Damián mantuvo la serenidad.

No era la pregunta que esperaba.

—Vaya, yo venía a preguntarle lo mismo —dijo.

—¡No me venga con esas! —saltó Espinosa.

—De acuerdo —Abrió las manos para tranquilizarlo—. Si fue Murillo ¿qué?

—¡El que le disparó!

—Sí, fue él. Iba a rematarme cuando la bomba lo reventó.

—¿Y Artiach?

Era sincero. Preguntaba lo que no sabía.

Damián se sintió más y más desconcertado.

Aunque, ¿acaso no había pensado siempre que, tal vez, los otros tres no conocían las intenciones de Ismael Murillo?

—También lo mató él, sí —asintió.

El exsoldado se puso blanco.

Una vida normal, casado, a punto de ser padre, y el pasado regresaba en forma de revelación.

—Joder, joder… ¡joder! —exclamó.

—¿No lo sabía? —quiso asegurarse Damián.

—¡No!

—¿No lo planearon?

—¡No, por Dios! ¿Está loco? —Parecía desesperado—. ¡Esa mañana los vimos juntos, a Artiach y a usted, y Murillo dijo que

Artiach iba a joderlo todo! ¡Se puso muy nervioso, pero decidimos hablarlo luego! ¡Lo malo es que con la refriega nos separamos y ya no volvimos a verlos vivos!

—¿De qué no querían que Artiach hablara conmigo?

Espinosa comprendió que, en su estallido, había hablado demasiado.

Apretó las mandíbulas.

Pese a todo, Damián no sintió la menor lástima por él.

Con uniforme o sin él, era lo que era.

Un patán.

—Usted mismo lo ha dicho: han pasado cinco años. Puede contármelo.

La risa fue seca, sin alma.

—No sabe una mierda, ¿verdad?

—Sé que Artiach sabía algo de ustedes cuatro —dijo despacio, para que su oponente lo entendiera y pudiera asimilar cada palabra—. Algo que lo hizo llorar de rabia aquella mañana en la que le tomé esta foto. —La sacó del maletín de las cámaras que llevaba colgado del hombro y se la entregó—. Cuando fui a llevársela, los vi acorralándolo y amenazándolo.

La fotografía tembló entre las manos de Espinosa.

Si Carlos Artiach no se la había enseñado entonces, o ellos no habían registrado sus cosas, era la primera vez que la veía.

—¿Por qué no me lo cuenta? —dijo Damián, apretándole las tuercas.

—¡Váyase a la mierda! ¿Ahora?

—Sí, ahora.

—¿Y de qué iba a servir? ¡Estoy casado, voy a ser padre! ¿Quiere que…? —No acabó la frase y le estrelló la foto en el pecho—. ¡A usted nadie le ha dado vela en este entierro, así que lárguese! ¡Váyase de una puta vez y déjeme en paz, cabrón!

—¿Y si Sotomayor y Portas ya han hablado?

—¡No estaría aquí tratando de sonsacarme a mí, no te jode, el listo! —Le escupió las palabras en la cara sin perder su halo de desesperación y nervios—. ¡Y aunque haya dado o dé con ellos, nadie va a contarle un pijo! ¡Nadie! ¡Si pasó algo, como dice, no tiene ninguna forma de averiguarlo, hijo de puta!

No quería pelearse con él. Fondón o no, había sido soldado. Tenía unos brazos como mazas. Lo mejor era no hacer nada.

—Muy bien. —Damián se rindió.

Vicente Espinosa le apuntó con un dedo, envalentonado.

—¡Como vuelva a acercarse a mí o a mi familia, lo mato! ¿Entiende? ¡Lo mato, por estas! —Se llevó los dedos de la mano derecha a los labios, se los besó y luego los separó abriéndolos con violencia.

Damián dio un paso atrás.

No tenía lo que quería.

Pero ahora sabía aún más a ciencia cierta que todos escondían algo.

33

Bajó del autocar medio molido, hecho un cuatro, y lo primero que intentó fue recuperar la plena circulación de sangre por las extremidades.

Lo segundo, desembarazarse de una maldita vez de ella.

—Bueno, joven, ha sido un placer charlar con usted.

¿Charlar con él?

Se la quedó mirando sin poderlo creer.

¡No había parado, ni siquiera cuando él había fingido dormir, para que se callara de una vez! ¡Ya sabía su vida y milagros, los nombres de las tres hijas y sus maridos, los de sus tres nietos y dos nietas!

—Que lo pase bien, señora —respondió, en un intento de ser educado.

—¡Es usted muy simpático! —Su rostro se iluminó con una sonrisa final.

Damián recogió su bolsa y la cargó en el brazo izquierdo. Las cámaras las llevaba en el derecho. Le bastaron unos pocos pasos para alejarse de la terminal de autobuses y salir a la calle. El cielo de Madrid estaba muy cubierto. Amenazaba lluvia.

Tomó el metro.

Las señas de Genaro Sotomayor eran de la parte baja de Carabanchel. Hizo un transbordo y se apeó en la parada más cercana según el mapa que se había agenciado al comprar el billete. Cuando salió de nuevo al exterior empezaba a lloviznar.

Si caía agua tendría que proteger las cámaras, comprar un paraguas o una bolsa de plástico para cubrir el estuche.

Caminó las tres manzanas que lo separaban de su destino cobijándose bajo las marquesinas de las casas y las tiendas. Por fortuna la llovizna murió tan suavemente como había empezado. Al llegar al portal se alegró de encontrarlo abierto. Una vez dentro, apenas si pudo dar dos pasos antes de que una portera, cuadrada como un armario, le cerrara el camino.

—¿Adónde va? —inquirió secamente.

—Sotomayor —dijo él.

—Sí, el tercero. —La mujer se apartó rauda antes de advertirle—: El ascensor no funciona, señor. Lo siento.

Subió a pie. En realidad, contando el entresuelo, eran cuatro pisos. Llegó arriba resoplando un poco y antes de llamar al timbre recuperó la respiración. El recibimiento por parte de Espinosa había sido malo. Sotomayor, que encima seguía en el ejército, podía incluso pegarle un tiro.

Lo que parecía claro era que no mantenían contacto.

Vicente Espinosa se lo habría dicho, o lo habría insinuado, como acto de fuerza.

Le abrió una mujer, próxima a la sesentena, rostro seco, talante adusto. Llevaba un moño tan tenso que la piel de la cara se le estiraba hacia atrás.

—Buenas tarde, ¿está Genaro? —preguntó, intentando mostrarse familiar.

—¿Aquí? No, no.

—Vaya, tenía estas señas de cuando servimos juntos en el ejército.

—¿Estuvo con él?

—Sí, en Bosnia, en el noventa y cinco.

Su talante se hizo más familiar.

Un compañero de armas.

—Esta es su casa, sí —dijo—. Yo soy su madre. Pero él vive en el cuartel. Aquí solo viene cuando libra o tiene un permiso.

—Claro, siendo sargento…

—Y el día menos pensado me lo destinan a otra parte. —Pasó del tono adusto al sentido de pertenencia y al afecto maternal—. Aquí los que mandan…

—¿En qué cuartel está?

—Es el acuartelamiento de San Cristóbal, en la carretera de Andalucía, kilómetro 10.

—Bueno, pues trataré de verlo allí.

—¿Quiere el teléfono? —se ofreció la mujer—. No creo que le pasen, porque a veces llamo yo por alguna urgencia y ni por esas. Pero puede dejar recado.

—Prefiero darle la sorpresa —lo rechazó—. Hace mucho que no nos vemos, desde aquello, y yo vivo en Bilbao. Ha sido muy amable.

—No hay de qué, joven. —Movió la cabeza de arriba abajo—. Tenga en cuenta que si va mañana igual lo pilla, pero después ya no sé. Me dijo que se iba de maniobras casi una semana, que mire que les gusta jugar a los soldaditos, ¿eh?

—Han de amortizar los tanques y todas esas cosas que se compran por si nos invaden los moros, que luego se les oxidan. —Se despidió con una sonrisa.

—¡Ya lo puede decir, ya!

—Gracias, señora. Y buenos días.

—No hay de qué, no hay de qué.

No le preguntó el nombre, y se alegró. Aunque habría mentido igual. ¿De Bilbao? Pues Patxi Ibagarroitia.

Damián regresó a la calle.

Miró al cielo.

Al final, caería una buena de todas todas. Lo mejor era buscar refugio cuanto antes, porque ir a media tarde a un cuartel era una locura.

Volvió a meterse en el portal.

—¿Sabe si por aquí hay alguna pensión decente? —preguntó a la portera.

—Decente lo son todas —espetó ella—. Que no por tener aquí la cárcel no va a ser este un barrio como cualquier otro.

No era su día.

—¿Pero hay alguna? —insistió, haciendo caso omiso del comentario de la mujer.

—Sí, venga, mire. —Lo acompañó afuera para darle las oportunas indicaciones.

Una hora después, tras instalarse en la pensión Santa Roa y mientras caía una tormenta de primer orden sobre Madrid, Damián estaba en un cine próximo, dispuesto a pasar dos horas con una película antes de hacerlo consigo mismo y sus pensamientos.

34

El centinela de la garita se lo quedó mirando mientras Damián avanzaba a paso firme hacia él. El tipo de paso que daría una persona segura de sí misma, y no una insegura por tratar de colarse en una instalación militar. Cuando el fotógrafo se detuvo, el guardia lo saludó con leve marcialidad.

—¿Diga, señor?

—Quería ver al sargento Sotomayor. Genaro Sotomayor. Si es posible.

No iba a ser posible.

Al menos, no tan fácil.

—¿Tiene una cita convenida, señor?

—No, no.

—Pues me temo que en este caso…

—Bueno, verá… —Sabía que no era una llave, ni una garantía, pero sacó su credencial de prensa—. Si pudiera usted consultarlo con alguien… He viajado desde Barcelona hasta aquí para ver al sargento, ¿entiende?

Lo entendía.

Por lo menos levantó la cabeza y se dirigió a un segundo soldado situado en el control de entrada.

—¿Conoces a un tal sargento Sotomayor?

—Sí —dijo su compañero—. Está en la Compañía C.

—¿Y a esta hora?

—Pues… andarán de instrucción, digo yo. Con los pavos.

El centinela volvió a dirigirse a Damián.

—Tiene para dos horas, por lo menos —le informó.

—¿Puedo esperarlo?

El uniformado se resignó.

—Deme su Documento Nacional de Identidad y espérelo ahí, en esa sala. Cuando termine la instrucción le pasaré el recado y, si le es posible, saldrá. Es cuanto puedo decirle.

—Suficiente, gracias.

El centinela se quedó el DNI y él caminó hasta la sala indicada. Una especie de punto de encuentro, o recepción para visitas, sobre todo si llovía, que no era el caso. Después de una noche de truenos y relámpagos, brillaba un espléndido sol sobre la capital.

Cuando el celador del cuartel le devolvió el documento, le hizo la pregunta:

—¿Quién hemos de decirle que lo espera?

Damián llevaba la foto preparada.

La de Carlos Artiach llorando.

—Solo denle esto. Será suficiente.

El centinela la miró.

No cambió la expresión, aunque sí mostró curiosidad.

—¿Nada más?

—Nada más —confirmó Damián.

La primera hora fue tediosa. La pasó leyendo el periódico que llevaba en el bolsillo y que había comprado antes de subirse al taxi, por si acaso.

La segunda fue peor.

Al empezar la tercera, pensó que si Sotomayor no accedía a verlo él, perdería el día inmisericordemente y se quedaría con una posibilidad menos.

No tenía demasiadas esperanzas con el ahora sargento.

Mejor dicho, no tenía ninguna.

Pero necesitaba asegurarse.

Nada menos que un sargento del Séptimo de Caballería.

El tipo ideal.

Genaro Sotomayor apareció a las dos horas y poco más de quince minutos, con su uniforme impoluto, la gorra ladeada chulescamente y el rostro tallado en piedra. Si Espinosa ya se había puesto fondón, él en cambio parecía recién salido de un gimnasio. Musculoso, tez bronceada, gafas oscuras protegiéndole los ojos...

Damián los adivinó fríos.

Llevaba la foto en la mano y lo primero que hizo al detenerse delante de su visitante fue rasgarla en dos pedazos, luego en cuatro, y echárselos a la cara.

Los papeles volaron sin vida hacia el suelo.

—Largo —le dijo.

Damián resistió la primera andanada.

—No voy a irme.

Genaro Sotomayor se quitó las gafas violentamente. Las dobló y se las guardó en el uniforme.

—¿Quiere que lo eche a patadas? —Levantó su puño amenazador.

—Y usted, ¿quiere un escándalo?

No le hizo mella. Pero en lugar de pegarle él, se dio media vuelta para llamar a los centinelas.

Damián lo evitó rápido.

—Murillo mató a Artiach y me disparó a mí.

El militar se detuvo.

Volvió la cabeza.

Los ojos ya no solo eran de piedra. Mostraban asombro.

Tardó un segundo en reaccionar.

—Si Murillo le hubiese disparado como dice, estaría muerto.

—Me dio en el brazo, ¿o no lo recuerda? Por eso me mandaron a casa. Iba a rematarme con su pistola serbia cuando esa bomba lo evitó.

Sotomayor desanduvo lo andado para separarse de él.

—En ese caso, ¿por qué no lo dijo entonces?

Damián esperaba la pregunta. Trató de ser convincente.

—En primer lugar, porque era joven e inexperto y estaba en mi primera guerra. En segundo lugar, y es lo peor, porque tuve miedo. En tercer lugar, porque no tenía pruebas. En cuarto y último lugar, porque habiendo muerto Murillo no tenía ni idea del papel de Portas, Espinosa y usted.

—¿Papel? —soltó como un rugido—. ¡Nosotros no teníamos ningún papel! ¡Todo fue cosa de Murillo! ¡Se le cruzaron los cables! ¡A Artiach hubiera bastado con darle cuatro hostias, pero al ver que trataba de hablar con usted... maldito metomentodo!

—Es lo que me dijo Espinosa —soltó deliberadamente.

—¿Ha visto a Espinosa? —exclamó, sin poder creerlo.

—Sí, ayer, en Almería.

Sotomayor casi se le pegó al cuerpo.

Muy cara a cara.

—¿Sabe lo que está haciendo? —dijo, echándole el aliento en la cara.

—Yo sí, ¿y usted? —lo desafió.

—Maldito hijo de puta... —Apretó los dientes con el contenido deseo de aplastarlo allí mismo como a una cucaracha—. Lo complicó todo entonces, le tomó esa maldita foto a Artiach —dijo, señalando los pedazos repartidos por el suelo—, y él...

—¿Qué era lo que quería contarme?

—¡Váyase a la mierda!

—Lo mataron por algo que...

—¡No lo matamos! —Tuvo que bajar la voz para que su grito no alcanzara el puesto de control—. ¡Fue Murillo, joder! ¡Murillo!

¡Le repito que se precipitó! ¡Artiach era todo menos un héroe! ¡Pero Murillo estaba loco! ¡Eso y que los tenía cuadrados!

—Dígame qué sabía Artiach.

No iba a contárselo.

Sería igual que ponerse la soga al cuello, con o sin pruebas.

Continuó casi pegado a él.

—Que no lo encuentre de noche en una callejuela, porque no lo va a reconocer ni su madre. —Pronunció cada sílaba como si la degustase.

—¿Qué hicieron para que...? —trató de insistir Damián.

El puñetazo en el estómago le robó todo el aliento, por duro, seco e inesperado. No llegó a doblarse sobre sí mismo porque Sotomayor lo acorraló contra la pared y le puso la otra mano en la garganta.

Sus ojos eran dos taladros.

Se quedaron así unos pocos segundos, mientras Damián se ponía primero rojo y después casi violáceo. Cuando la mano de la garganta se retiró, llevó todo el aire que pudo a los pulmones, aunque no fue demasiado. Genaro Sotomayor dio por terminada la conversación, o lo que hubiera sido aquello.

Lo empujó contra la pared, dio media vuelta y esta vez sí se fue.

—Voy... a escribirlo... —jadeó Damián—. Daré con... la verdad y... y lo escribiré... —Detuvo una arcada—. Lo haré por Artiach y por...

Ya en el exterior, el militar dio una orden seca a los centinelas.

—¡Echad a esa basura de aquí, y si vuelve a poner un pie a menos de veinte metros, disparadle! ¡Es una orden!

Era absurdo, pero el guardia se cuadró y gritó:

—¡Sí, mi sargento!

35

El viaje a Burgos no fue el mejor de su vida.

Lo más sensato habría sido demorarlo, pero quería regresar cuanto antes a Barcelona y a los brazos de Elisabet. El puñetazo en el estómago seguía doliéndole mucho, demasiado. Había vomitado tres veces, se sentía mareado y le costaba respirar. Nada más poner un pie en la ciudad, preguntó por un ambulatorio. Le dijo a una enfermera que lo habían asaltado la noche anterior en Madrid y que temía tener algo roto.

Una hora después salía del ambulatorio un poco más tranquilo, pero igual de dolorido.

De nuevo con la bolsa de la ropa en la consigna, y cargando únicamente el maletín de las cámaras, tomó un taxi hasta las señas de Amadeo Portas.

Su última esperanza.

Y, desde luego, vistos los encuentros con Espinosa y Sotomayor, remota.

Muy remota.

Si ninguno de los tres daba su brazo a torcer y callaba, no tendría ninguna forma de saber qué había sucedido en Bosnia. Ninguna. No habría reportaje, ni mucho menos libro. Llamaría a Maite Sanpedro para decirle que su novio murió por nada, por un secreto que se llevó a la tumba.

Un asco.

Cuando bajó del taxi, frente a la dirección de Portas, vio una cabina en la esquina de la calle. Lo primero que pensó fue en llamar a Elisabet. Luego comprendió que era mejor no hacerlo. Ella era capaz de intuir su estado, o notar, por las inflexiones de su voz, que algo malo le sucedía. Le dio la espalda a la cabina y se metió en el portal de la casa, abierto y sin celadora. Una vez más tomó aire antes de llamar al timbre de la puerta. Al otro lado se oía música, una radio no precisamente baja, y también la voz de un niño.

Se apagó la radio y a los cinco segundos le abrió una mujer de unos treinta años, con el pequeño en brazos. Se lo quedaron mirando más como si fuera un pordiosero que un vendedor de enciclopedias a domicilio.

—¿Amadeo Portas? —dijo Damián.

—Los señores Portas ya no viven aquí —anunció ella—. Murió el marido y, como éramos conocidas, Amalia me vendió el piso.

Primer contratiempo.

—¿Sabe dónde vive ahora?

—Sí, claro. Ya le digo que teníamos alguna relación, aunque ahora hace mucho que no la veo. Tengo sus señas, por si llegaban cartas del banco y cosas así. Voy a buscarlas.

—Gracias. —Se quedó en el rellano.

De todas formas, la mujer cerró la puerta.

Damián dio unos pasos por el descansillo. Hizo algunos estiramientos, brazos hacia arriba y los lados, para desatascar la zona dañada por el puñetazo de aquella bestia. Por lo menos ya no tenía arcadas. La dueña del piso tardó un par de minutos en volver.

La puerta se abrió de nuevo. Esta vez no llevaba al crío en brazos.

—No la encontraba, perdone.

—No pasa nada.

—Mire, si quiere copiarla… —Le pasó un papel—. Yo es que no sé dónde tengo un bolígrafo.

Damián anotó la dirección, en el mismo Burgos.

—¿Sabe si queda lejos?

—Un poco. Por eso ya no nos vemos.

Le devolvió el papel, pero no hizo intención de retirarse.

—¿Sabe si su hijo Amadeo sigue viviendo con ella?

—¿Amadeo? —repitió el nombre abriendo los ojos—. No, no, el pobre. Cuando se licenció…, bueno, entre la crisis nerviosa y lo que le pasó…

—¿Estuvo mal?

—Oiga, ¿quién es usted? —Reaccionó con la natural prevención ante el bombardeo de preguntas.

—Servimos juntos en Bosnia hace cinco años.

—¡Ah, ya! —Pareció comprenderlo todo—. Entonces no he de decirle nada, ya se lo imagina usted. ¿Quién no vuelve mal de una cosa así?

—No lo sabía.

—Pues ya se lo digo yo. —Tensó la espalda y puso cara de suficiencia—. Ese chico ya no va a levantar cabeza. Si era su amigo…

—Y usted no sabrá dónde vive, claro.

—No, eso no. —Movió la cabeza de lado a lado—. Hable con su madre o su hermana. Ellas le dirán. Yo es que tampoco sé mucho más. Solo lo que pasó entonces, la crisis, la depresión… Lo siento, señor.

El niño apareció por detrás de ella, reclamando atención.

—Ha sido muy amable.

—Dele recuerdos a Amalia cuando la vea.

—De su parte.

Mientras bajaba la escalera, despacio, volvió a oírse la radio en el piso que acababa de abandonar.

36

La nueva casa de la señora Amalia, la madre de Amadeo Portas, era mucho más sencilla que la primera. Gajes de la viudedad y la precariedad económica. Y, posiblemente, también gajes de lo que pudiera derivarse de la salud de su hijo.

Conocer el estado del exsoldado le produjo un mal sabor de boca.

¿Estrés poscombate? ¿Estrés traumático?

¿Culpa?

En cualquier caso, llamó al timbre sin estar seguro de lo que se iba a encontrar, porque, a lo peor, la mujer se negaba a decirle dónde estaba Amadeo.

Damián puso todo su encanto al servicio de su voz cuando ella misma le abrió la puerta.

—¿Señora Amalia?

—Sí, diga.

Era una mujer rolliza, brazos y muslos enormes. El hecho de ser baja contribuía a darle una imagen peor. No tendría más de cincuenta años, así que, o su marido tenía muchos más que ella, o había muerto joven. Lo primero que vio Damián en el diminuto recibidor, iluminado a su espalda, fue el retrato de la familia, padre, madre, Amadeo y hermana, menor que él.

Se concentró en su objetivo.

—Perdone que la moleste. Serví con su hijo en el ejército y estuvimos juntos en Bosnia…

La tristeza la cubrió con un invisible manto.

Fue radical.

—Oh, vaya —musitó como si en lugar de hablarle de algo natural le hubiese dado una mala noticia.

—Me dio sus señas, por si un día podía visitarlo. Vengo de su otra casa. ¿Está él?

La dueña del piso le corroboró lo dicho por la mujer que ahora vivía en su anterior domicilio.

—No, ya no vive conmigo.

—Me dijeron que sufrió una crisis y… Bueno, quería ver cómo está.

La señora Amalia mantuvo el tono triste, aunque aureoló sus ojos con un destello de simpatía y calor.

Esperanza de madre.

—Mejor, mejor —le aseguró—. Aunque ya se sabe que estas cosas… En fin, que son largas, ¿verdad?

—Sí, lo sé. —Quiso darle un poco de cuerda.

—¿Usted…?

—Oh, yo estoy bien. Me licencié y no tuve problemas.

—Pues tuvo suerte, hijo. —Suspiró—. Amadeo ya no ha sido el mismo desde que regresó de allí.

—Verá —hora de poner la directa—, estoy de paso, me voy mañana. ¿Cree que podría verlo esta noche?

—Pues no lo sé. —Reapareció la tristeza, ahora con un aderezo de dolor—. A veces se pasa una semana sin llamarme, o más. Nunca sé muy bien qué hace o dónde para.

—¿Me puede dar sus señas?

—Claro. Es en la calle Pío número nueve.

—Se lo agradezco, de veras. Seguro que le hace bien reencontrarse conmigo. Fuimos buenos camaradas.

—Si lo encuentra, dígale que me llame, por favor. Él no tiene teléfono, así que no puedo ponerme en contacto con él, y si voy a verlo, a veces se me enfada, porque lo molesto o soy inoportuna…

—Se lo diré, descuide.

La señora Amalia siguió en la puerta. Tenía un hijo perdido, y allí, en la puerta, se presentaba otro, con otra madre, surgiendo del pasado y del mismo infierno en el que había sucumbido Amadeo.

—¿Tan malo fue aquello? —le preguntó la mujer de pronto.

Damián no supo qué decir.

—Bastante, aunque no todos nos lo tomamos igual.

—Amadeo lloraba por las noches. Yo lo oía. Después…

—Se pondrá bien —dijo, en un vano intento de tranquilizarla.

—Nunca me habla de aquello —siguió ella, sin moverse de la puerta—. ¿Hubo muchos tiros?

—No tantos. Era más la tensión, lo que veíamos, lo que sabíamos, lo que nos contaban… Nosotros podíamos pasar días sin hacer gran cosa. Pero fue una guerra muy sucia, eso sí es cierto. Si una persona es sensible, lo acusa más.

—Amadeo es muy sensible —dijo en seguida.

Justificar lo injustificable.

Toda una madre.

—Gracias por la información. Si lo veo, descuide, que le daré su recado. Ha sido muy amable.

—Cuídese.

Ni siquiera le había preguntado el nombre. Mejor así. Damián se apartó definitivamente, bajó la escalera y salió de la casa. La tarde declinaba muy rápido y pronto sería de noche. Aunque encontrara a Amadeo Portas, ya sería tarde para marcharse a Barcelona; tendría que ir a la consigna, recoger su bolsa y buscar otra pensión.

Una más.

Y Elisabet sola, esperándolo.

—Mierda… —rezongó.

El nuevo taxi lo situó en su tercer destino burgalés. Si la vivienda de la señora Amalia era más discreta en comparación a la anterior, en esta ocasión tanto el edificio como la calle y el barrio podían considerarse de lo peor y más humilde de toda la ciudad. El mismo taxista le lanzó una mirada de soslayo al cobrarle la carrera y se alejó sin decirle nada.

Damián se encontró en un corredor angosto de unos diez metros que daba a un patio de casas bajas distribuidas a ambos lados y al frente. Tenían una sola planta y necesitaban reparaciones urgentes. Había suciedad por todas partes. Era como haber entrado en un mundo propio, vivo, con sus leyes de convivencia. Todos estaban a la vista de todos, o eso parecía. Algunas puertas estaban abiertas, pero no la de la casa de Amadeo Portas.

Tampoco había nadie dentro.

Su madre se lo había dicho: «Nunca sé muy bien qué hace o dónde para».

Su presencia en el patio no pasó desapercibida. La puerta contigua se abrió y por ella asomó una chica de unos dieciséis años, guapa, esbelta, cabello muy largo. Llevaba una camiseta muy ceñida y una falda muy corta. Era voluptuosa, ojos claros, labios carnosos. No pudo decirle nada porque al instante la apartó un hombre parecido a ella. Solo parecido. Iba en camiseta, mal afeitado y sus ojos chispeantes indicaban que acababa de tomarse alguna copa de vino o una cerveza de más.

—¿Qué quiere? —le espetó de malos modos.

—Busco a Amadeo Portas.

—Si no le ha abierto es que no está —gruñó acentuando su hastío—. Menudo es, que bastantes problemas da. No vaya a esperarlo aquí, ¿eh?, porque ese igual no aparece en toda la noche, o en dos o tres días.

—Perdone —se excusó.

Absurdo preguntarle nada más.

Terreno vedado.

Salió del patio con la cabeza en blanco y cruzó el corredor hasta la calle. Una vez en ella miró a ambos lados. Ningún taxi. Algo le dijo que tendría que caminar bastante para encontrar uno por aquellos andurriales.

Lo peor era la pérdida de tiempo.

El viaje, probablemente en balde.

¿Perdía otro día? ¿Lo intentaba por la mañana?

Dio unos pasos hacia la izquierda, en dirección al centro de Burgos, y de pronto oyó una voz a su espalda.

—¡Eh, oye!

Volvió la cabeza.

Era la chica de dieciséis años. Llevaba un bolso colgado del hombro, como si hubiera salido para ir de marcha.

Se detuvo y la esperó.

—Amadeo no es mal tipo —fue lo primero que le dijo al llegar a su lado—. Lo que pasa es que en el barrio se la tienen jurada y como ya ha montado un par de follones… Pues eso.

—Yo hace mucho que no lo veo —contemporizó Damián—. Solo estoy de paso.

—Por lo que sé, lo que oigo y todo eso, está en paro y trapichea con lo que puede. Hablo poco con él, porque mi padre no me deja. Pero como estamos puerta con puerta, sé que a veces no viene a dormir en días.

—¿No sabes dónde podría encontrarlo?

—Va mucho al bar de la Torre.

—¿Dónde está eso?

—Tira calle abajo y, al llegar al primer semáforo, gira a la derecha. Verás una plazoleta. El bar hace esquina con la primera de la izquierda.

—Gracias. —Le sonrió.

Ella también lo hizo.

—¿De dónde eres?

—De Barcelona.

—Me gustaría ir a Barcelona —le confesó—. Bueno, a Barcelona y a cualquier parte, pero principalmente Barcelona, por el mar y todo eso.

—Te gustará.

—¿Tienes novia?

—Sí. —Volvió a sonreír.

—Vale, chao —se despidió la chica como si tal cosa, como si acabase de preguntarle la hora, dando un paso atrás envuelta en su indiferencia—. Voy en otra dirección. Si no, te acompañaría.

—Chao.

La vio alejarse.

Guapa, exuberante, sensual, viviendo allí y con un padre probablemente bruto y bebedor. Una perla en busca de su oportunidad.

No se movió hasta que ella desapareció de su vista.

Luego fue en busca de su última oportunidad de dar con Amadeo Portas.

37

El bar de la Torre era un signo inequívoco del barrio.

De entrada, apenas si se podía respirar a causa del humo. Para intensificar el efecto estaban los olores a comida, sudor, humanidad, todo mezclado. Por la hora, estaba ya bastante lleno, barra y mesas. Un solo camarero lo atendía todo con diligencia. La gente hablaba a gritos y apenas unos pocos miraban el televisor, situado en una esquina, retransmitiendo un partido de fútbol que a juzgar por el caso que le hacían tanto les daba. No eran ni el Barça ni el Madrid, claro. Ni siquiera parecían equipos españoles. Al sórdido ambiente contribuía la escasa luz.

Damián llegó al final de la barra y se situó en el hueco destinado al servicio, reservado para que los camareros recogieran los pedidos de las mesas. No tardó en aparecer el que los atendía a todos.

—Estoy buscando a Amadeo Portas —le dijo antes de que el hombre hablara. Y le aclaró—: Soy un amigo.

—¿Portas? —El tipo frunció el ceño de mala gana—. No sé quién es.

Damián ya llevaba la foto preparada.

Una de las que les tomó a todos ellos de uniforme.

—Es este.

La cara del camarero cambió.

—¡Ah, el Bolas! ¡Hombre, vaya por Dios! —De la sorpresa pasó a la desconfianza—. ¿Para qué lo buscas?

—Servimos juntos. Yo le tomé esta foto.

Eso lo suavizó.

—Pues lleva un par de días sin venir por aquí, cosa rara, porque la última es la última. Puede que esté sin blanca. —Levantó la cabeza para responder a un cliente que lo llamaba—: ¡Voy! ¿Que no ves que estoy hablando? —Volvió a dirigirse a Damián—. Mira en casa de la Maru.

—¿Quién es esa?

Comprendió que a veces hacía preguntas estúpidas.

—¿Tú qué crees? —El camarero expandió una sonrisa de suficiencia por su cara—. Ya ves, le tiene cariño a tu amigo.

—¿Y dónde…?

—Sales y vas a la izquierda. Tres calles. Verás unas barracas a la derecha y, enfrente, una casa con los herrajes muy viejos en las ventanas. Tú dale al timbre rojo.

El timbre rojo.

—Gracias —se despidió antes de reaccionar y preguntarle—: ¿Por qué lo llaman el Bolas?

—¡Porque cuenta unas historias de la guerra que no se las cree ni él, pero las adorna…! —Soltó una risotada—. ¡Es todo un héroe, tu amigo! ¿Tú también lo fuiste?

—No, yo no.

—¡Bah, no es mal tipo! —fue lo último que le dijo el camarero—. ¡Cada cual a lo suyo!, ¿no?

Se fue a atender a la parroquia.

Mientras caminaba por la calle rumbo a su nueva pista, Damián no supo si volvía a dolerle el estómago a causa del golpe, el hambre, o la sensación amarga que iba envolviéndolo.

Amadeo Portas se había convertido en un residuo humano.

¿Por qué?

¿Por todo lo de Bosnia?

¿Casualidad?

El timbre rojo de la Maru destacaba en el marco de una puerta vieja y unos herrajes carcomidos por el óxido. Las casas, alineadas a lo largo de aquel tramo de calle, también eran de una sola planta. Amenazaba ruina, como las de enfrente. Parecía una zona de combate. Nada más abrirle la puerta ella, lo golpeó un fuerte hedor a colonia barata. Hedor, porque aquello era cualquier cosa menos perfume. La luz de la entrada, rojiza, la enmarcó por detrás. Un halo casi fantasmagórico. La Maru tendría unos cuarenta y muchos y daba la impresión de haber tomado parte en no pocas batallas. Pese a todo, su cuerpo aún era generoso, con unos pechos enormes bien visibles a través de la liviana combinación con la que fingía vestir y unos muslos en apariencia firmes. Las uñas de las manos estaban bien cuidadas. Los ojos, maquillados. La boca, roja.

Al verlo se le iluminó la cara.

—¡Hombre, cariño, hacía tiempo que no caía por aquí un pimpollo como tú! ¡Pasa, pasa, que de aquí no sales hasta mañana, cielo!

—Estoy buscando a Amadeo —anunció Damián, conteniendo el énfasis seductor de la Maru.

La desilusión fue evidente.

Dejó de ser una mujer cariñosa, dispuesta a todo, para convertirse en una mujer desilusionada, dispuesta a cerrarle la puerta en las narices.

—Vaya —gruñó.

—¿Está aquí?

—No, no está. Tiene unos días chungos.

—Pues no lo he encontrado en su casa, ni en el bar de la Torre. —Con ello le dejó claro que conocía el terreno en el que se movía—. Me han dicho que tú…

—¿Se ha metido en algún lío? —preguntó, poniéndose en guardia.

—No, tranquila. ¿Tengo pinta de ser de la pasma? Somos amigos, del ejército. Estuvimos juntos en Bosnia. Igual te ha hablado de mí.

La Maru abrió unos ojos como platos.

—¿En serio?

—Sí, ¿por qué?

—¿En serio estuvo en esa guerra? —repitió.

—Pues… sí —vaciló Damián.

—¡Ay, la leche! —Maru se apoyó en el quicio de la puerta—. Si es que por aquí no sabíamos si decía la verdad o se lo inventaba. —Hundió en él sus ojos negros y maquillados en exceso—. ¿Así que lo que dice es cierto?

—¿Y qué dice? —Le dio cuerda, tanto para granjearse su amistad como para tratar de ver mejor cuál era la situación de su objetivo en aquel momento.

—Que fue un héroe, que salvó a todo un pueblo de morir masacrados, que les salvó la vida a varios compañeros, que él solito se cargó un tanque… Cosas así. ¡Y le pone una efervescencia…! —Recordó algo más y lo añadió—: ¡Ah, y que perdió las medallas cuando su avión se cayó al mar al volver!

Damián ya no supo qué decir.

Amadeo Portas se había vuelto loco.

O se jactaba de sus fantasías para hacerse notar.

—Por algo lo llaman el Bolas. —Se encogió de hombros.

—¿O sea que de todo eso…? —preguntó ella.

—Nada, aunque sí combatió, claro.

—¿Y tú para qué lo buscas? —dijo, recuperando el hilo de la realidad.

—Hace mucho que no lo veo, y su madre me contó lo de la crisis…

—Esa hijaputa… —exclamó con desprecio.

—Mujer, es su madre.

—Ya, por eso. —Se rascó el trasero con la mano libre, en un gesto nada sensual—. Hay madres que no merecen serlo. Lo tuvo en la falda hasta que se marchó a pegar tiros, que eso sí me lo contó bien. Para él fue una liberación, y no me extraña que prefiriera una guerra a quedarse aquí. —Soltó una bocanada de aire—. Al menos vio mundo y supo lo que era la vida, aunque ya ves cómo volvió.

—¿Sabes dónde puede estar?

—No, cariño. La última vez que desapareció una semana lo encontraron en el campo, durmiendo al raso. Y la penúltima lo llevaron al hospital. Bebe y le sienta fatal, pero a veces es lo único que lo evade, no sé si me explico. ¡Y eso que sobrio es majo, y muy cariñoso! ¡Vamos, que me lo hace bien, aunque he de decir que yo pondría como una moto a cualquiera! —Recuperó su lado sensual—. ¿Seguro que no quieres pasar?

—No, gracias.

—Que te lo pierdes, ¿eh? Si vieras lo suave que lo tengo…

—Lo imagino.

Se quedaron mirando un par de segundos.

Los dos desilusionados.

—Mira, hoy habrá cobrado el paro —dijo de pronto ella—. Es posible que vaya al bar a celebrarlo.

—¿Y aquí no?

—Primero el bar.

—Gracias, Maru.

—Si estuvisteis juntos allá…

—Estuvimos juntos allá, sí.

—Vaya, la próxima vez no me reiré de él, porque se pone…

Damián se apartó de la puerta. Le hizo un gesto con la mano. La Maru cerró y lo dejó solo.

Ya era casi de noche.

Hora de ir a por sus cosas, buscar una pensión, llamar a Elisabet y volver al bar de la Torre, a hacer guardia.

—¿Dónde coño pillo yo un taxi por aquí? —gruñó desalentado.

38

Volvió al bar de la Torre después de cenar, sobre las once de la noche, y esta vez acertó de lleno.

Amadeo Portas estaba sentado en la barra, solitario, con la mirada perdida en una botella de cerveza que tenía entre las manos. Nadie reparó en la llegada del forastero, salvo el camarero con el que había hablado horas antes. Y este no hizo ni dijo nada. Siguió a lo suyo.

Damián se acercó al exsoldado.

Parecía ya achispado, ojos enrojecidos, hombros encorvados, sensación de desánimo, barba mal afeitada, cabello revuelto. Si Espinosa se había puesto fondón con la vida de casado y Sotomayor era un proyecto de Rambo convertido en sargento, Portas más bien parecía un enfermo terminal: rostro enjuto, seco, pómulos angulosos. Pudo reconocerlo por algunos rasgos, la nariz prominente, la frente despejada, pero poco más.

Damián se sentó a su lado.

Pidió una cerveza.

Había muchas formas de asaltarlo, pero de pronto, al verlo convertido en un guiñapo, todas se le antojaron malas. Buscó un plan B, y luego un plan C…

Tomó aire, lo miró y dijo:

—¿Portas?

El borracho volvió la cabeza. Tuvo que hacer un esfuerzo para centrar los ojos en él. No abrió la boca.

—Eres Amadeo Portas, ¿verdad?

Entonces sí lo hizo.

—¿Te debo dinero? —masculló.

—No, hombre, no.

—¿Me lo monto con tu mujer? —Se echó un poco para atrás.

Porque hablaba en serio, no era broma.

—¡Que no, bruto! —Damián se echó a reír.

—Vale, entonces sí, soy yo. ¿Te conozco?

—¡Pues claro! ¿Tanto hemos cambiado? ¡Estuve en Bosnia! ¡Yo era el fotógrafo!

Los ojos de Portas reflejaron un inesperado temor.

Damián no le dejó cerrarse en banda.

—¡El mundo es un pañuelo! —exclamó lleno de jovialidad—. ¡Hace unas semanas me tropecé con Espinosa, y ahora contigo!

La desconfianza aumentó.

—¿Espinosa?

—¡Sí, está casado y espera un hijo! ¿Cómo lo ves? ¡Vive en Almería tan pancho, el tío! ¿Puedo invitarte a algo?

El tono jovial y distendido ayudó mucho a que se relajara, pero más lo hizo la invitación.

—Joder, claro que puedes —asintió.

—¿Otra cerveza?

—Cojonudo.

Damián le hizo una seña al camarero. Pidió otras dos. El hombre le lanzó una mirada perpleja a Portas. Continuó con la boca cerrada y sirvió el pedido. Luego siguió a lo suyo.

—Oye, ¿vamos a una mesa? —propuso Damián—. ¡Vamos a pillar una buena, tío! ¡La última vez me caí de la barra!

No lo forzó, pero le pasó un brazo por encima de los hombros y lo guio de la barra a una mesa situada en uno de los lados del bar.

Portas se dejó llevar, dando pasos un poco tambaleantes antes de dejarse caer en su silla. No las tenía todas consigo, pero su mente trabajaba despacio.

Y tenía una cerveza gratis.

Podían caer más.

—¡Bueno, genial!, ¿no? —Damián siguió con su entusiasmo.

—¿De verdad eres tú? —vaciló el exsoldado.

—¡Claro que soy yo! Joder, aquellos días… Menuda aventura, ¿eh?

Se sintió como la araña tejiendo su tela, despacio, sin prisa, pero sin pausa, con todo el cuidado del mundo. Si se le escapaba, si lo perdía, ya podía olvidarse de todo. Espinosa y Sotomayor nunca hablarían. Portas era una grieta abierta a la verdad. Su única oportunidad.

El borracho centró en él una mirada vacua.

Debió de retroceder al pasado en busca de todo aquello.

O tal vez lo llevara colgado del alma.

—¿Aventura? —farfulló—. Estás de coña, ¿no?

—Venga, hombre. —Damián bebió un sorbo de cerveza—. Entonces puede que no lo fuera, pero hoy, después de cinco años… Coño, no veas lo que ligo enseñando mi herida de guerra. Porque ya sabes que Murillo me pegó un tiro, ¿no?

Amadeo Portas abrió los ojos de par en par.

—¿Murillo?

—Sí, después de matar a aquel pobre diablo… ¿Cómo se llamaba? ¡Ah, sí, Artiach! ¡Qué cabrón! —Soltó una carcajada.

—Espera, espera… —Le costó centrarse y levantó una mano para detenerlo y procesar la información—. ¿Murillo fue quien te hirió?

—¡Como que iba a matarme también a mí! ¡Suerte tuve de que esa bomba lo destripara!

—No… sabía eso —vaciló con el semblante perplejo.

—¿Ni que mató a Artiach?

No hubo respuesta. Solo viajó de vuelta a su extravío mental.

Damián temió perderlo.

—Me mandaron a casa y no os volví a ver. Además, callé para no meterme en líos. Si Murillo estaba muerto, para qué decir que él había matado a un compañero y había intentado lo mismo conmigo. No tenía sentido abrir la boca. —Hizo una pausa para que Portas siguiera procesando todo aquello—. Lo curioso es que Artiach no me dijo nada. No supe de qué quería hablarme. Así que Murillo se pasó mucho, ¡menudo loco! Yo no entendí por qué había matado a Artiach hasta que Espinosa me lo dijo.

—¡Cagüen la puta...! —Amadeo se quedó blanco.

—Venga, hombre. Estábamos en guerra. Ya es agua pasada. ¿Quién se acuerda de aquello?

—Juramos no decir nada, nunca —masculló Portas—. ¡Lo juramos, joder!

—Ya, pero eso fue antes de que Murillo actuara por su cuenta. Como dijo Espinosa, a Artiach, con cuatro hostias, lo habríais puesto a caldo. Vamos, que ni tú ni los otros os lo hubierais cargado. Era un caguetas.

Amadeo Portas cerró y abrió los ojos. Apuró la cerveza de un largo trago. Cada vez tenía la voz más pastosa.

—No lo sabes tú bien —gruñó—. Menudo compañero... —Se pasó el dorso de la mano por la boca—. Encima de que no quiso hacerlo, dijo que nos denunciaría. ¿Te imaginas? Se nos habría caído el pelo. Entonces apareciste tú y...

—Pues te lo repito: no llegó a decirme nada. Y ahora que lo sé, como comprenderás, tanto me da. De haber estado con vosotros probablemente habría hecho lo mismo.

—Joder, tío, claro... —En su rostro apareció una mueca parecida a una sonrisa—. Cómo estaba de buena la condenada...

Damián tragó saliva.

Mantuvo el tipo.

De pronto, empezó a ver la luz.

La única luz posible.

—Pero… ¿buena, buena? —tanteó.

Los ojos de Portas se convirtieron en dos bolas de fuego.

—Macho, si es que cuando le quitamos todo eso que llevaba, que si el pañuelo de la cabeza, que si la falda larga, que si la ropa interior… Buena es poco. Tenía dos tetitas, y un culo… Y el coño, dulce, suave… Ni dieciséis años ni nada. Toda una tía… Toda… —Miró su botella de cerveza vacía con desilusión antes de agregar—: Mierda, lástima que me tocara el último…

39

A Damián se le hizo un nudo en la garganta.

Y en la boca del estómago.

Lo tenía.

Lo tenía.

Bastaba con irse y listos.

Sin embargo, comprendió que necesitaba saberlo todo. Incluso los detalles más sórdidos. Ya vomitaría después.

—Otra cerveza, ¿no?

—Hostias, claro.

Levantó la mano, pero al final se levantó él mismo para ir a por ellas. No quería que el camarero los interrumpiera en plena explicación y le cortara el rollo a Portas. Fue a la barra, le hizo la señal y el hombre se las colocó delante en diez segundos, de nuevo manteniendo la boca cerrada.

Damián volvió a la mesa.

El exsoldado parecía amodorrarse.

—Venga, bebe, y cuéntame por qué los muy cerdos te dejaron el último.

Se llevó la botella a los labios como si fuera un sediento perdido en mitad del Sahara.

—El último, tío, sí —lamentó—. El hijoputa de Murillo... Conmigo ya casi ni se movía, pero estaba de un dulce, y era suave...

Ya te digo. Muchas veces pienso en ella. Aún siento su carne dura y tersa entre los dedos y sus gemidos en los oídos. —Le dio otro trago a la botella—. ¡Bah! Si no lo hubiéramos hecho nosotros, lo habrían hecho los serbios igualmente, así que…

—¿Dónde la encontrasteis?

—Escondida, tú dirás.

—Espinosa me dijo incluso el nombre, pero ya no lo recuerdo.

—Marijka. —Lo pronunció como si fuera un premio—. Marijka Sua… Sue… Bueno, da igual. Marijka. —Se llenó la boca con la palabra—. Lo recuerdo porque cuando Murillo se lo preguntó y ella se lo dijo, se echó a reír y bromeó con lo de que se parecía a «marica». «¿Te llamas marica?», le decía dándole cachetitos en el rostro. «¡Pues vas a probar unos buenos nabos españoles, nena!».

Murillo estaba muerto. Portas no.

Damián tuvo ganas de romperle la botella en la cabeza.

Mantuvo la calma.

Y probó otro tiro al azar:

—No entiendo cómo Artiach se rajó.

—¡Porque era un nenaza! —saltó Portas—. ¡Y eso que cuando apuntó a Murillo con el rifle, creímos que iba a disparar, porque estaba… fuera de sí! Pero Murillo tenía unos huevos… Hay que reconocerlo, ¿eh? Se le plantó delante y le dijo: «No vas a disparar». Y Artiach como ido, el dedo en el gatillo, con la chica ya en bolas sujeta por Espinosa y Sotomayor. «Lo haré», «No lo harás», «¡Lo haré!», «No, no lo harás, ¿y sabes por qué? Porque eres un mierda que no debería estar aquí, y menos vestir este uniforme al que deshonras. Por eso». Murillo se lo clavó, oye. Con estas mismas palabras. Artiach dijo entonces: «No, los que lo deshonráis sois vosotros». Y Murillo que va y le pega dos hostias. Pero así, ¿eh? —Hizo el gesto—. Artiach apuntándole y Murillo que le da las dos hostias. Encima va y le suelta: «Dispara». Silencio. Nosotros tres blancos, la chica llorando. Y Murillo: «Dispara si tienes cojones». Dos hostias más. Hasta que, para rematar, mirándolo a los ojos fijamente, le bajó el arma y se acabó la historia.

—¿Qué pasó? —logró articular Damián.

Amadeo Portas volvía a tener la garganta seca de tanto hablar. Bebió casi toda la botella.

Lo mejor era que no se cortaba.

Lo estaba contando todo.

—Artiach se vino abajo. —Se encogió de hombros—. Cayó de rodillas al suelo y empezó a llorar. ¿No te jode? ¡A llorar, tú! Entonces entre Murillo y Sotomayor lo cogieron y le bajaron los pantalones. Le gritaron «¡Vas a ser el primero! ¡Te la vas a follar!». Artiach parecía congelado, una estatua. Pero luego se puso a pelear con ellos. ¿Y cómo iba a hacerlo si ni siquiera estaba empalmado? Nos echamos a reír que no veas. Y como ya habíamos perdido mucho tiempo y a saber qué podía pasar, lo echaron a patadas y se acabó.

—Así que los cuatro os quedasteis con la chica.

—Hombre, para eso estábamos.

—¿No os volvió a molestar Artiach?

—¿Ese? ¡Qué va! Cuando salimos todavía estaba llorando. ¡Si hasta creo que intentó ayudarla y cuando la tocó ella salió corriendo, tal cual, en pelota picada! No es que esté seguro, pero eso comentó él. —Soltó una especie de relincho ahogado—. ¿Qué clase de tío hace algo así, coño? ¡Éramos colegas! ¡Colegas! —Lo repitió con énfasis—. ¡Eso en la guerra lo es todo! Si no te puedes fiar de tu compañero, apaga y vámonos.

—¿No teníais miedo de que ella os denunciara?

—¿Esa? —La pregunta se le antojó absurda—. ¡No, hombre, no! Por la cuenta que le traía, mejor callar. Ella y todas. Menudo estaba el patio.

Se acabó la cerveza y se quedó mirando la botella con desilusión. Incluso le echó un vistazo al fondo, por si tenía un agujero.

Damián se preguntó si podría aguantar mucho más.

Espinosa cerrado en banda. Sotomayor haciendo gala de autoridad. Pero Portas…

Un borracho.

Capaz de confesar algo así y jactarse de ello.

—¿Otra cerveza?

—Hombre…

Esta vez levantó la mano y llamó al camarero indicándole que quería dos más, aunque apenas si había tocado la suya.

No quería dejar ni un minuto libre a Amadeo Portas.

—Qué cosas, ¿eh? —Le quitó importancia a todo, como si hablaran de algo mucho más trivial—. Espinosa me dijo que la chica estaba muy mal. Pero aun así dices que salió por piernas cuando Artiach quiso ayudarla.

—Lo cierto es que cuando acabé yo, ella ya estaba hecha una mierda —reconoció inesperadamente—. Era virgen, claro, y sangraba como una cerda. Yo soy cariñoso. —Asintió con la cabeza, lleno de convicción—. Como fui el último, me acerqué y le di un beso en la frente, ya ves tú. —Se echó a reír e hipó con fuerza—. Bueno, un poco zumbado ya estaba. —La risa se convirtió en una carcajada estentórea.

—Pero estás bien, ¿no?

—La vuelta fue chunga. —Puso cara de asco—. Que si estrés, que si tal, que si cual… Los hijoputas de los médicos me metieron de todo. Casi me dejan zombi. Pero sí, sí, estoy bien. Tirando, pero bien.

Llegaron las cervezas.

El camarero miró a Damián.

Ojos críticos.

Se fue sin decir nada de nuevo.

—¿Tú has seguido haciendo fotos? —preguntó Portas.

—Sí.

—Tuviste suerte, maricón.

—Supongo.

—Murillo decía que ninguna bala llevaba su nombre.

—Por eso lo mató una granada, o lo que fuera aquello.

—Lo raro es que a ti solo te diera en el brazo. Tenía puntería el cabrón. Apuesto a que a Artiach le dio a la primera.

—Dos balas. Con una pistola se precisa menos. Y a lo peor, siendo serbia, no estaba muy fina.

—Ni siquiera sé de dónde la sacaría. —Cerró los ojos un momento, con un pie ya fuera de este mundo.

Damián supo que lo perdería de un momento a otro.

Amadeo Portas siguió hablando, más para sí mismo que para su interlocutor.

—Qué tiempos, tú —farfulló—. Ibas cagado de miedo, porque esos serbios eran unos cabronazos, pero con la adrenalina a tope. Joder… —Apareció una sonrisa fatua y boba en su rostro—. Ah, Marijka, Marijka… ¿Dónde has visto tú una musulmana de ojos grises? Si pudiera volver atrás creo que me casaría con ella. —La idea se le antojó graciosa—. Estaba buena de narices… Estaba…

Damián llegó a su límite.

Quería golpearlo, machacarlo hasta convertirlo en pulpa.

Y era mejor no hacerlo.

Había ido en busca de una respuesta y la tenía.

—Voy al servicio —le dijo al exsoldado.

No hubo respuesta. El hombre volvió a cerrar los ojos y se quedó así mientras Damián se alejaba.

Al pasar por la barra le entregó un billete al camarero. No preguntó cuánto era. No quería el cambio. Quería irse.

Echar a correr.

Salió del bar de la Torre y vomitó allí mismo, en la acera.

El puñetazo de Sotomayor había sido una caricia comparado con lo que sentía ahora.

40

Estaba seguro de que, junto a la que pasó a la intemperie en Bosnia, aquella fue la peor noche de su vida.

Veía a la chica, los veía a los cuatro, veía a Carlos Artiach, veía la intensidad del drama, veía lo amargo de la situación.

Y lo que era peor: lo sentía.

En lo más profundo de su ser.

Él estuvo allí. Había estado allí. Cerca. Tanto que había fotografiado a Artiach llorando. De alguna manera era como si formase parte de la historia.

Una vida destrozada porque cuatro capullos habían dejado de ser soldados para convertirse en bestias.

Y un quinto hombre asesinado por ser simplemente decente.

Damián recordó la imagen de Ismael Murillo acercándose con la pistola a punto para rematarlo.

Habría sido el segundo muerto, porque inesperadamente se había convertido en el sexto hombre.

En aquellos cinco años, a veces todavía despertaba en plena noche, sudoroso, gritando, al oír el estampido del arma y sentir la bala penetrando despacio en su cerebro. Desde que Elisabet estaba en su vida, las pesadillas por fortuna habían ido remitiendo.
Faltaban unos quince minutos para que embarcaran.

En menos de dos horas estaría en casa, con ella.

El teléfono público quedaba a veinte pasos.

Le había estado dando vueltas toda la noche, mientras se removía sin parar en la cama de la pensión, sobre el colchón duro como la piedra. Y también lo había hecho en el trayecto hasta Madrid para coger el puente aéreo.

La historia no estaba terminada.

Le faltaba algo.

Pensó en esperar a llegar a Barcelona, pero finalmente pudo más la ansiedad y la inquietud. Quería dejarlo resuelto antes de enfrentarse a Elisabet. Saber qué iba a hacer, y también cuándo.

Lo poseían los demonios.

La prisa.

Se levantó, caminó hasta el teléfono público, sacó las monedas del bolsillo y marcó el número del director del periódico.

—Soy Damián —le dijo a la secretaria—. Ponme con Álvaro, rápido, estoy en una cabina.

—Tú con tal de no hablar conmigo... —le espetó ella.

—No me seas Moneypenny.

—¡Más quisieras, James Bond!

Le pasó de inmediato. La voz de Álvaro Orellana fluyó enérgica por el hilo telefónico.

—¿Dónde estás?

—En Madrid, a punto de subirme a un puente aéreo.

—¿Y?

—Tengo la historia.

—¿En serio?

—Te lo contaré mañana, no me quedan monedas para tanto rato. Te llamo solo para pedirte que me saquéis un billete de avión para dentro de dos o tres días.

No eran ricos. Siempre estaban recortando gastos. Siempre se movían con el miedo al bajón de los lectores. Pero Orellana no se quejó.

Buen tipo.

—¿Adónde? —le preguntó.

—A Sarajevo —dijo Damián.

41

La bolsa, con la ropa totalmente sucia después de tantos días, estaba en una silla. Las cámaras, sobre la mesa. No hacía ni quince minutos que acababa de llegar y, después de besarla como si quisiera comérsela, ya se lo había contado todo.

Elisabet, pálida.

Blanca como la cera.

Damián le cogía las manos mientras hablaba.

Y ella lo miraba atónita, como si le contara una película de terror.

Terror vivo.

La primera pregunta que le hizo fue:

—¿No lo mataste?

—No creas que no lo pensé —reconoció Damián—. La verdad es que me gané un Goya, o un Oscar, porque actué… De todas formas el tipo estaba borracho. Ese ya no es nada, un residuo humano.

—Dios, Damián, cariño…

—Siempre pensé que era algo relacionado con alguna clase de tráfico, drogas, armas, qué sé yo. Incluso que podían haber matado a alguien, bosnio o español, por fuego amigo. Pero esto…

—Qué hijos de puta —murmuró ella con un suspiro.

—Artiach tenía conciencia, y una novia esperándolo. No era una bestia. Se enfrentó a ellos y ellos lo humillaron y ridiculizaron.

Las lágrimas de la foto son de impotencia. Sus compañeros acababan de destrozarle la vida a una niña de dieciséis años. ¿Qué podía hacer? Por eso cuando le llevé la fotografía los sorprendí amenazándolo. Una vez en la base, Artiach debió de darle vueltas a todo en su cabeza, y las opciones eran escasas: callar o denunciarlos. Callar lo convertía en cómplice a pesar de todo. Denunciarlos equivalía a ponerse en contra de muchas cosas, empezando por sus compañeros y acabando por el ejército. ¿Sabes la mancha que supone eso, y más en una misión de paz?

—No es la primera vez que pillan a soldados de la ONU haciendo barbaridades —comentó Elisabet.

—Esto es España, cielo. Aquí los militares aún tienen más peso que en otras partes. Y con la derecha que tenemos…

Elisabet se acercó un poco a él, para que dejara de cogerle las manos y la abrazara.

—Artiach firmó su sentencia de muerte cuando Murillo lo vio hablando conmigo —siguió diciendo Damián.

—La suya y la tuya.

Guardaron un minuto de silencio, hasta que buscaron sus bocas de nuevo y se besaron largamente. Ya era de noche. Querían irse a la cama y celebrar el regreso. Sin embargo, los dos sabían que faltaba algo.

Algo que no podía desaparecer con solo apagar la luz de la habitación.

—¿Qué le dirás a la novia de Artiach?

—La verdad.

—Te preguntará qué vas a hacer con esa verdad.

—Ya lo sabes. Escribir la historia.

—¿No los denunciarás?

—Sigo sin tener pruebas.

—¡Ese borracho se vendrá abajo cuando la policía lo presione! —dijo ella.

—¿Y si no lo detienen? ¿Por qué deberían hacerlo? Y aunque lo hagan, ¿y si lo niega todo? —Le besó la punta de la nariz—. No, cariño. Hay que dar los pasos con prudencia. Prepararé un artículo, quizá le pida a alguien que me entreviste para empezar a minar el campo. Es un riesgo y también la única forma. Cuando cierre el círculo y consiga el final, todo será más fácil.

—¿El final? —Elisabet se separó un poco para mirarlo.

—Sí —asintió para que lo entendiera.

Su compañera lo hizo.

—Ese final, la respuesta a todo, está allí, ¿verdad?

—Sí —volvió a decir Damián.

—Pues ve —resolvió ella, categórica.

Entonces se lo contó:

—Ya he llamado a Orellana. Me voy a Sarajevo dentro de tres días.

CUARTA PARTE:
EL REGRESO
(BOSNIA-HERZEGOVINA, 2000)

42

El aeropuerto de Sarajevo parecía de nuevo el de una ciudad normal, sin heridas visibles, aunque con cicatrices ocultas. En 1995 había llegado allí como corresponsal de guerra. La repatriación fue otra cosa. Ahora regresaba como periodista.

En busca de una persona.

Para cerrar el círculo de una historia y hacer justicia.

El problema no solo era encontrarla, sino conseguir que hablase.

Pasó los trámites aduaneros sin problemas, aunque la policía le examinó la mochila y el maletín con las cámaras. Le preguntaron quién era y a qué iba y él contestó que a fotografiar la paz. El uniformado se lo quedó mirando sin entender muy bien la expresión. Comprobaron que tenía billete de regreso para tres días después y eso fue todo.

Nada más salir de la terminal, se encontró con la sonrisa diáfana y abierta de Goran.

—¡Damián!

El bosnio se le echó encima. Había estado muy poco con él, pero seguía siendo un tipo amigable y entregado. El abrazo fue tremendo, y los golpes en la espalda, más. Cuando se separaron, le brillaban los ojos.

—¡Tú aquí! —Volvió a expresar su felicidad—. ¡No puedo creer!

—Pues créetelo, ya ves.

—¡Ah, tu llamada me hizo feliz! ¡Tanto tiempo!

—No sabía si seguirías aquí, si aún hacías de intérprete…

—¡Claro sigo aquí! —aseguró con vehemencia—. ¿Dónde si no? ¡Todos hacemos falta! ¡Base española sigue aquí, yo sigo aquí! —Se fijó en que solo llevaba la mochila—. ¿Todo equipaje?

—Sí, siempre viajo ligero, y para tan pocos días…

—Dame. —Se la cogió casi a la fuerza—. Tengo coche alquiler como pediste, ¿sí? Vamos, Damián, vamos.

Se movieron por la terminal en dirección a la salida. Goran no dejaba de mirarlo con los ojos radiantes.

—Estás diferente —le dijo.

—Caray, que son cinco años —se defendió Damián.

—Veo mayor, sí, pero también mejor. Maduro. ¿Se dice así? Maduro. ¿Eres buen periodista ya?

—Estoy en ello. —Soltó una carcajada—. ¿Y tú? ¿Todo bien? Por teléfono no hablamos mucho.

—Todo bien, sí.

—¿La situación…?

Goran se encogió de hombros.

—La situación, mala —respondió con sinceridad—. Pero es cosa normal, ¿no? Nadie olvida guerra. Muchos muertos, muchas familias tristes, mucho odio, muchas ganas de venganzas. La paz es falsa. Es impuesta, pero es falsa. El odio sigue, y seguirá, hasta próxima vez. Los criminales de guerra serbios siguen libres. ¡Son héroes en Serbia! No esconden en montañas, no, ¡están en ciudades, tranquilamente! Nadie los detiene. Son protegidos. Da igual Tribunal de la Haya si no los atrapan. Las cosas no pueden ir bien así —Señaló al frente de pronto y dijo—: Mira, ahí está coche. ¿Te gusta? Es cuatro por cuatro y fuerte, como dijiste.

—¿El pago…?

—Tranquilo. A la vuelta.

Damián se fijó en el detalle de que hubieran repuesto el cartel de Sarajevo como ciudad olímpica.

Todos querían volver a la normalidad.

Llegaron al vehículo. Dejaron sus cosas atrás. Goran le enseñó las llaves.

—¿Quieres conducir tú? —Se las ofreció al recién llegado.

—No quiero arriesgarme. —Prefirió ser prudente—. Quizá mañana, en carretera. Ahora lo que necesito es llegar al hotel y descansar, que llevo unos días…

—¡Ah! —exclamó Goran—. ¡Prensa siempre loca, de un lugar a otro, buscando noticia, la foto! ¡Vamos, sube! ¡Hotel es muy cerca! Pero vienes a cenar a mi casa, ¿no?

—Esta noche no —se excusó Damián—. Tal vez cuando regresemos.

La cara del intérprete fue de pena.

—No has dicho adónde vamos mañana en coche.

—Al pueblo donde tuvimos la primera escaramuza —dijo Damián tras pensárselo un poco—. El lugar donde mataron a aquellas nueve personas y yo pasé la noche al raso.

Goran casi frenó el coche en seco.

43

Damián tuvo que sujetarse para no darse un golpe contra el cristal.

—¿Quieres volver allí? —exclamó Goran, incrédulo.

—Sí, ¿qué pasa?

—¿Tú eres loco?

—¿Yo? ¿Por qué?

El vehículo volvió a rodar por la calle, ahora más despacio.

—¡Porque sigue siendo zona conflictiva!

—¡Pero ya no hay guerra, no están los Tigres de Arkan, ni la guerrilla bosnia…!

—¿Y? ¡La gente no olvida!

—¡Pero si la base española sigue, continuamos estando aquí para ayudar, garantizar los acuerdos de paz y que a nadie se le vaya la mano!

—¡Hubo matanzas, limpieza étnica, genocidio! —le recordó el intérprete—. Para esa gente todos extranjeros son malos. Unos no hicieron nada, otros hicieron poco, la mayoría miraron otro lado… ¡Europa dejó que esto pasa aquí, en sus narices!

—¿Quieres decir que me recibirán a palos?

—No, palos no. —Movió la cabeza con duda—. Pero no simpatía. ¿Para qué vuelves tú?

—Para hacer un reportaje.

—¿Ahora? ¿A quién interesa ahora esa zona?

—Han pasado cinco años. Se trata de ver cómo va todo.

Goran se detuvo en un semáforo. Al otro lado de las ventanillas del coche se adivinaban dos realidades. Por un lado, descampados abiertos donde antes hubo casas, definitivamente borradas del mapa. Por el otro, edificios con restos de metralla en las fachadas. Agujeros de bala o grandes impactos de granadas. La reconstrucción, sin embargo, parecía rápida.

—Damián, casi te matan. ¿Recuerdas?

—Claro que lo recuerdo.

—Y da igual, ¿tú vuelve?

—Que sí, hombre, que sí.

—Tú masoc… masoco…

—Masoquista.

—Eso. —Movió la cabeza de arriba abajo—. Yo no vuelve ni en mil años. —Le lanzó otra rápida mirada y frunció el ceño—. ¿Sabes qué yo pienso?

—¿Qué piensas tú?

—Que es misterioso.

—¿Yo soy misterioso?

—No, viaje allí. Mucha prisa, mucho secreto, mucho todo. Y Goran listo, preparado, coche, tres días…

—Es un trabajo, ¿no? A todo el mundo le viene bien el dinero.

—¡No es por dinero! ¡Pienso en seguridad!

—Venga, no me seas alarmista —lo cortó, cansado de la discusión—. Háblame de ti. ¿Sigues soltero?

Logró hacerle cambiar de cara.

—¿Soltero? —Soltó una carcajada—. ¡Casado!

—¿Que te has casado? —Se sintió abrumado por la noticia.

—¡Sí, casado, hace tres años! ¡Y feliz! —Goran se puso a dar saltos en el asiento.

—¡Pero si no llevas anillo!

—¿Eres loco? ¡Llevo anillo de oro en dedo y me cortan dedo! ¡No sabía dónde querías ir, así que... precaución! Mañana ya verás controles, ya.

—¿Por la carretera?

—¡Claro! Y más cerca de frontera. Tú sabes que aquí hay grandes bosques y montañas. Está el contrabando y muchas más cosas. ¡Ah, Damián Roca, tú vives muy bien en tu país! ¡Viajas, haces fotos, metes en problemas, pero siempre regresas, sabes hay una casa para ti en tu ciudad! ¡Queda aquí un mes y verás!

Ya estaban cerca del centro. Mejores casas, gente por la calle, tiendas abiertas, sensación de normalidad.

¿Acaso no seguía en Europa, a tres horas de Barcelona?

—Ya llegamos —le anunció Goran.

Damián se acercó al cristal. Vio el edificio y el rótulo en la parte de abajo.

—¿Es este?

—Tú dijiste hotel sencillo, barato. Este es hotel sencillo, y barato. Pero limpio. Yo conozco.

—¿Te importa que mañana salgamos temprano?

—No. Yo levanto cada día a las cinco si estoy aquí. Cuando trabajo en base depende.

—¿Cuánto hay hasta ese pueblo?

Goran hizo un cálculo mental mientras detenía el coche frente al hotel. La calle era estrecha. Por suerte no venía nadie por detrás.

—Depende de carretera —dijo—. Si llueve, si hay mucho control... Si nada de eso, cinco, seis horas máximo. —Volvió a iluminársele la cara—. ¿Te espero y llevo a cenar a mi casa? ¿Sí? ¡Mi mujer ha cocinado para ti! ¡*Ćevapi*, *börek*, *dolma*, *gulash*...!

44

Salieron de Sarajevo al amanecer y durante la primera hora no sucedió nada relevante. Damián seguía amodorrado por el madrugón. No fue hasta que se detuvieron para tomar un pésimo café cuando consiguió empezar a hilvanar sus ideas y disfrutar del paisaje, abrupto y brutalmente bello. Al llegar a un primer paso montañoso se encontraron con un puesto de control formado por tropas del ejército bosnio. Goran detuvo el coche y Damián puso la mejor de sus caras.

No estaba muy seguro de cómo estarían las cosas, pero, por si acaso, llevaba un poco de dinero suelto en un bolsillo aparte.

El oficial del control le examinó la documentación.

Su tono fue duro.

—Dice que eres periodista —tradujo Goran.

—Pues sí, ya lo pone ahí.

—No pregunta. Dice.

—¿Y eso es bueno o malo?

—No sé. —Goran se dirigió al oficial y habló con él. Luego, volvió a Damián—: Pregunta dónde vas.

—Dile que a la base española.

—No vamos a base —replicó el intérprete, alarmado.

—Tú díselo.

Los que examinaban el maletero ya habían abierto el estuche de las cámaras.

Esta vez el diálogo, seco, nada amigable, fue entre ellos mismos.

Luego el oficial se dirigió nuevamente a Damián en su idioma, aun sabiendo que no lo entendía.

—Dice que para qué llevas cámaras.

—Dile que soy del *National Geographic* y que vengo a fotografiar águilas.

—No bromas, Damián —le aconsejó su intérprete.

—¡Pero si no es una broma! ¿Qué tiene de malo…?

—Él no cree.

El oficial se enfadó al ver que hablaban en español.

Goran estuvo rápido.

Le dijo algo en bosnio.

Algo no precisamente corto.

Diez segundos de silencio. Diez segundos soportando aquella mirada. Damián no sabía qué cara poner.

Cerraron el maletero.

Finalmente el hombre les devolvió los documentos e hizo una seña a los de la barrera. Dos soldados con cara de aburridos subieron el palo de madera que cruzaba la carretera de lado a lado.

Goran le dio las gracias.

Reanudaron la marcha.

—¿Qué es lo último que le has dicho? —preguntó Damián.

—Que tú herido hace cinco años y vuelves para dar gracias por haberte salvado vida.

Durante la hora siguiente reinó otra vez el silencio. La carretera serpenteaba entre las ya conocidas curvas, a medida que subían y bajaban montañas, y ante el temor de marearse por la nada fluida conducción de Goran, al final Damián se puso al volante. Iban más lentos, pero también más seguros.

El intérprete era un buen tipo.

Un buen tipo de verdad.

A pesar de ello, Damián tardó otra hora en decírselo.

—Vamos a buscar a una mujer —expuso con un suspiro.

—¿Qué? —exclamó él, despertando de su letargo.

—Digo que estoy aquí porque he de encontrar a una mujer.

—¿Tú enamorado hace cinco años? —Abrió los ojos.

—¿Cómo iba a enamorarme, si no tuve tiempo? —protestó.

—Oh, vosotros enamoráis a primera vista. Bum-bum. —Se llevó la mano derecha a la altura del corazón y golpeó el pecho un par de veces—. Cabeza perdida y luego va mal. ¡Divorcios!

—Pues no me enamoré, tranquilo —aseguró—. Es alguien a quien le sucedió algo y quiero hablar con ella, nada más.

—¿Tienes dirección?

—No.

—¿Y nombre?

—Marijka. El apellido empieza por Sua o Sue, no estoy seguro.

—¿Eso es todo? ¿Nada más?

—¡Por Dios, Goran, que vivía en ese pueblo! ¡No creo que haya muchas Marijkas Sua-loquesea o Marijkas Sue-loquesea!

—Eso tú no sabes.

—No, no lo sé —admitió—. Por eso estás conmigo.

—¿Y si ella ya no vive en pueblo?

—Alguien sabrá de quién le hablo y nos dirá dónde está. —Antes de que Goran siguiera haciendo de abogado del diablo, él mismo dijo—: ¡Y si no lo sabe nadie, mala suerte, me vuelvo a casa!

—No enfades.

—No me enfado, hombre. Ya sé que es complicado, pero es lo que hay.

—Ya, pero venir hasta aquí. Debe ser importante.

—Mucho.

Al ver que no seguía dándole más detalles, Goran insistió.

—¿Es mujer mayor?

—Ahora tendrá unos veintiún años.

—Malo —rezongó el bosnio.

—¿Por qué?

—A esta edad ya casada, y al menos uno o dos hijos. Tendrás que hablar con marido.

Damián se envaró.

No había pensado en eso.

Algo tan elemental allí, con las chicas casadas en plena adolescencia.

¿Quién hablaba de una violación con el marido presente?

Se envaró todavía más.

Y le entró un sudor frío.

La pregunta que acababa de hacerse no era la correcta.

La correcta era: ¿una mujer bosnia violada... casada?

—¿Qué pasa a ti? —le preguntó Goran con el ceño fruncido—. Pones cara de susto.

45

Cuando llegaron al pueblo, sin más contratiempos, Damián tuvo la sensación de vivir en el pasado, es decir, como si en lugar de haber transcurrido cinco años solo hubieran pasado cinco días, o cinco horas. Incluso la niebla era la misma, no tan cerrada y espesa como para no dejar ver nada, pero tampoco tan abierta como para poder vislumbrar el cielo o el pueblo en su dimensión. Hacía frío. El frío característico de la niebla que recordaba de cuando iba a Vic, capaz de meterse en los huesos y quedarse allí. Retazos de ella y de nubles blancas, vaporosas, permanecían quietos entre las casas y la montaña que las envolvían. El efecto era inquietante.

Damián se estremeció.

Iba a detener el coche en la plaza, pero optó por no entrar en ella.

Recordaba los cadáveres de los nueve hombres muertos y alineados en aquel lugar maldito.

¿Quién podía seguir viviendo allí, pasando por aquella plaza en la que vio tendido a un padre, un marido o un hijo?

Y con todo, lo peor fue el silencio.

Damián cargó las cámaras al hombro y cerró el todoterreno.

—Tú deja hablar a mí —le pidió Goran.

—¿Le preguntamos al primero que pase?

—No. Mejor allí.

«Allí» era una tiendecita. Podían vender de todo.

No había mucha gente. Vieron a un hombre sentado en una ventana, a una mujer cargando un hato de leña y a una anciana caminando. Los miraron más que como a extraños, como a intrusos.

Damián empezó a pensar que no iba a ser fácil.

Encima, seguía aplastado por el peso de la idea de que Marijka S. ya no estuviese allí.

¿Casada, una musulmana violada?

Imposible.

Entonces… como no diera con alguien que supiera su paradero, o la historia de lo sucedido…

Entraron en la tiendecita.

El hombre que la atendía no ocultaba su condición de musulmán practicante. Incluso llevaba el rosario en la mano. Goran casi se detuvo al verlo. Pero ya era tarde para echarse atrás, salvo que compraran cualquier cosa y se fueran. Llegaron al mostrador y le hizo la pregunta.

Lo único que entendió Damián fue el nombre de la chica.

El hombre no miró a Goran. Lo miró a él.

Lo que Damián vio en sus ojos fue una mezcla de desprecio y rabia, pero más lo primero.

No hizo falta que Goran le tradujera su respuesta.

—No sabe nada, ¿verdad? —preguntó Damián.

—Dice no. Nunca ha oído Marijka Sua, o Sue y algo más.

—¿Le puedes decir que miente?

—No, no puedo. Vámonos.

Goran tiró de él y salieron de la tienda.

Su presencia ya había sido detectada. En la plaza contó siete personas inesperadas, pendientes de ellos.

—¿Crees que corremos peligro?

—¡No! —contestó rápidamente el intérprete—. Pero nadie hablará aquí, delante de todos. Toma fotos y subimos por aquí.

Damián sacó las cámaras. Se las colgó del cuello. En una llevaba película a color, en otra, blanco y negro. Goran se quedó con el maletín, para dejarle las manos libres. La calle que había señalado subía en un ángulo de unos quince grados.

La belleza del lugar, tanto como el olvido, parecía impregnarlo todo.

Se encontraron a tres personas, y a las tres se les hizo la misma pregunta. La primera, una mujer de unos treinta años, echó a correr sin responder. La segunda, un hombre de unos cincuenta, les dijo que no y les dio la espalda. La tercera, otro hombre, este mayor, se puso a increparlos antes de irse.

—Dice que marchemos —lo informó Goran—. Dice que aquí nosotros ya no hacemos nada, que dejemos a ellos en paz con sus recuerdos.

—¿Qué hacemos? —se detuvo Damián.

—No sé.

—¿Y la alcaldía? —Tuvo una repentina idea de lucidez rebelde—. Han de tener el registro de los habitantes del pueblo.

Goran vaciló.

—No sé.

—Podemos probar.

—Sí, claro.

La alcaldía estaba cerca de la plaza, así que regresaron a ella. Damián habría querido fotografiar a alguno de los hombres y mujeres que tenía a la vista, pero eran musulmanes y se abstuvo. Incluso usar el teleobjetivo y hacerlo a distancia era peligroso si alguien se daba cuenta. Lo que menos quería era arriesgar sus cámaras. Todos parecían muy quietos, estatuas cargadas de recelos, pero probablemente a estas alturas ya todo el pueblo sabía que estaban allí y que buscaban a alguien.

Una joven llamada Marijka que en 1995 tenía dieciséis años.

La alcaldía no era como las españolas. Tampoco tenía la menor idea de cómo funcionaban en un lugar como aquel, qué clase de autoridad municipal llevaba el mando o, siquiera, si eso existía. Nada más entrar se encontraron con un mostrador atendido por otro hombre, en este caso relativamente joven, como de veintitantos años.

Sarajevo era una ciudad moderna, salida de una guerra, pero moderna. Los pueblos alejados de la capital, sin embargo, daban la impresión de seguir anclados en el pasado.

En el pasado y en la memoria.

Demasiados muertos, demasiada barbarie, demasiada impunidad.

Como había dicho Goran, los grandes asesinos serbios seguían libres, ocultos, protegidos y considerados héroes por los suyos.

El hombre del mostrador escuchó la pregunta.

Su respuesta fue un poco más larga que las de los demás, y también más fría.

—Dice que todo quedó destruido durante la guerra —lo informó el intérprete—. Los Tigres de Arkan se llevaron fichas, registros…

Tenía sentido.

Además de asesinarlos, exterminarlos y dar sentido a su genocidio, borraban su pasado. Lo desconectaban del presente y más del futuro.

—¿Y Marijka?

Goran negó con la cabeza.

—¿Crees que si le ofrezco dinero…? —propuso Damián.

La negativa fue la misma, acompañada por un rápido gesto para que no moviera la mano.

Regresaron al exterior.

No pudieron comentar nada, porque en la puerta de la alcaldía se encontraron con dos personas, un hombre y una mujer. De ella apenas si se veía el rostro, surcado por las arrugas y el dolor.

Los ojos del hombre desprendían fuego.

Se puso a gritarles, casi en la cara.

Damián se quedó muy quieto.

—¿Qué dice? —susurró.

Goran no le respondió de inmediato. No se atrevía. Esperó a que el hombre acabara su apasionada arenga, que concluyó con un puño cerrado a escasos centímetros del rostro de Damián.

Lo siguiente que hizo fue abrirse la chaquetilla que llevaba y mostrar un revolver.

Suficiente.

Pese a todo, pese a lo que significaba la presencia del arma y el miedo que infundía, Damián volvió a mirar a la mujer.

No pudo evitarlo.

Jamás había visto tanto dolor contenido.

Nunca.

Un dolor que surgía de las profundidades de su ser y convertía cada uno de sus rasgos en un grito, una desolada voz ahogada en el silencio. No tendría más de cuarenta años, pero parecía una vieja.

No supo por qué, pero sintió pena por ella.

La escena estaba congelada.

—Damián… —le suplicó Goran.

—De acuerdo. —Asintió con la cabeza.

Fue el primero en moverse, pero no en dirección al coche que los había llevado hasta allí, sino de nuevo hacia las empinadas callejuelas del pueblo.

—¿Adónde vas? —gimió el intérprete.

—A pasear.

—¡Harás que nos matan!

Damián le dio la espalda al hombre y a la mujer. Goran se pegó a su lado.

—No mires atrás —le sugirió el primero.

Siguieron caminando, como si pasearan.

No hubo ninguna bala.

Solo aquel silencio…

—¿No quieres saber qué ha dicho? —cuchicheó Goran cuando estuvieron más lejos.

—Lo imagino. Que no se nos ha perdido nada por aquí y que nos larguemos.

—También ha dicho que dejes en paz memoria, que tú no sabes ni entiendes nada, que tú vuelves a tu mundo.

—¿Qué es lo que no sé ni entiendo? —Frunció el ceño.

—Cultura de aquí, imagino.

—Vamos, Goran, tú eres bosnio. ¿De qué tienen miedo? ¿Qué les pasa? ¿Por qué se enfadan tanto?

—¡Son gente cerrada! —se desesperó su compañero—. ¡Guardan secretos, todos, detrás la puerta de casa! ¡Forman comunidad! ¡La guerra los hizo más duros, no fían, no quieren hablar con extraños! ¡Y siguen culpando al mundo de lo que sucedió!

—¡La matanza que yo vi la hicieron los Tigres de Arkan! ¡Las tropas españolas estaban aquí para protegerlos!

—Falso amigo mata a verdadero enemigo. —Goran suspiró.

—¿Falso amigo?

—¡Oh, Damián! —Puso cara de dolor de estómago—. ¡No entiendo qué hacemos aquí! ¡No entiendo por qué buscas mujer llamada Marijka!

Se habían apartado bastante del centro del pueblo. Ahora caminaban por una callejuela perdida, remota, como si por allí no viviera nadie. Bajo pequeños cúmulos de niebla que flotaban de manera arbitraria, y de vez en cuando los envolvían. Alrededor había casas en ruinas y más bosque que otra cosa. Lo único que Damián quería era pensar.

Todo antes que rendirse.

Bastaba con que una sola persona quisiera hablar.

Decirle dónde estaba Marijka S.

De pronto volvió la cabeza.

El niño que los seguía desde hacía un par de minutos se escondió entre unas piedras.

46

Damián vio un rayo de esperanza.

—Llámalo.

Goran lo hizo.

El pequeño asomó la cabeza por entre las piedras.

Se aseguró de que no hubiera nadie más cerca.

Y caminó a su encuentro.

Damián le calculó unos diez u once años. Llevaba unos calzones largos, anchos hasta la rodilla y ceñidos a partir de ahí hasta los pies; una chaquetilla afelpada por encima de una camisa blanca, y se cubría la cabeza con un característico gorrito de colores vivos. Como cualquier niño habituado a sobrevivir, fuese de la religión que fuese o viviese donde viviese, tenía cara de pilluelo, ojos perspicaces e inquietos, cuerpo delgado pero resistente. Lo miraba con algo más que curiosidad.

Fue el primero en hablar.

—Dice si tienes chocolatinas, o chicles —tradujo el intérprete.

Se arrepintió al momento de no ser un soldado yanqui, que, al parecer, llevaban los bolsillos llenos de esas cosas además de todas sus balas y sus granadas.

—Dile que puedo darle dinero para que se lo compre él.

Goran se lo dijo. La respuesta del niño fue rápida.

—Pregunta si son dólares.

Damián se alegró de llevar siempre consigo algunos Washingtons, Lincolns, Hamiltons, Jacksons o Grants. Los Franklins, de cien dólares, ya no.

En muchas partes del mundo la moneda del Tío Sam era la única que valía. ¿Pesetas? Nadie conocía eso.

Se metió la mano en uno de los bolsillos ocultos de su chaleco de fotógrafo, y de él extrajo un billete de veinte dólares y dos de diez.

El pequeño alargó la suya para cogerlos.

—Pregúntale si sabe lo que buscamos —ordenó Damián sin dárselos.

La respuesta del niño fue igualmente rápida. No hizo falta que Goran se la tradujese.

Sí.

Lo sabía.

—Pregúntale…

El pequeño no lo dejó hablar. Lo interrumpió.

—Dice que seguimos a él, no cerca, y que si aparece alguien, esperamos —tradujo Goran.

Seguía con la mano extendida.

Cuarenta dólares era toda una fortuna para él.

Quizá para su familia.

—Se los daré cuando lleguemos, o cuando nos diga dónde está ella. —Damián se guardó el dinero.

El niño puso mala cara.

Cuando Goran acabó de traducirle lo dicho se lo pensó un par de segundos. Acabó asintiendo.

Sonrió maliciosamente cuando dijo lo siguiente.

Goran también lo hizo, aunque sin nada de alegría.

—Dice que si tú engañas, grita y pone todo pueblo en contra y matan a ti.

—La alegría de la huerta —musitó Damián.

—¿Qué?

—Nada, una expresión española. ¿Vamos?

Goran movió la cabeza de arriba abajo y el niño emprendió el camino.

No regresaron al pueblo, más bien se alejaron de él.

A los dos minutos caminaban por el bosque, siguiendo una senda abierta, amplia, muy trillada. Su guía iba delante, a unos quince metros de distancia. A veces dejaban de verlo por la niebla, pero estaba claro que el camino solo llevaba a un lugar.

Damián lo comprendió de pronto, al chocar casi con el muro del cementerio.

El cementerio.

Toda su energía, todo lo que lo mantenía en pie desde la conversación con Amadeo Portas, se vino abajo.

—Dios… —gimió.

Goran lo miró de soslayo. El niño seguía caminando, ahora entre las tumbas que llenaban el suelo. Muchas eran antiguas, de piedra, pero muchas otras, las de madera, eran muy nuevas.

Demasiado.

El pequeño se detuvo al ver que Damián no seguía avanzando.

Le hizo una seña.

Damián reaccionó.

No había tomado ninguna foto. Las cámaras colgaban de su cuello como dos pesadas medallas. Ahora sí lo hizo. Sobreponiéndose al dolor y al pesar, sí lo hizo. El cementerio era fantasmal a causa de la niebla que lo velaba todo entre volutas blancas. Disparó varias instantáneas, incluidas tres del niño, un inesperado lazarillo de la muerte.

Hasta que se detuvo.

Damián y Goran se acercaron a él.

Cuando llegaron a su lado, el pequeño señaló una tumba, una lápida de madera verde hundida en la tierra húmeda. La inscripción estaba hecha con letras en blanco debajo de una media luna con los extremos abiertos hacia la derecha y una estrella de cinco puntas en medio.

«Marijka Suaburu».

Muerta.

Había algo más.

La fecha de su nacimiento.

Y la de su muerte.

El mismo día en que él le había tomado la fotografía a Carlos Artiach llorando.

Damián apretó los puños.

Y expresó todo lo que sentía, más allá de la rabia y el dolor, al gemir:

—La matasteis... Hijos de puta... La matasteis...

47

Goran se asombró al verlo llorar.

—¿Damián?

No pudo responderle.

Quería estar ya en España, contarlo todo, reventar.

El niño acarició la lápida y dijo algo.

Damián miró a su compañero.

—Dice era muy guapa.

Amadeo Portas también se lo había dicho. Ojos grises. Una niña. Una mujer.

Sin saber cómo, por inercia, se llevó una cámara al rostro, enfocó la tumba y tomó varias fotografías. Luego hizo lo mismo con la otra. El *clic-clic* fue el único sonido que se oyó durante unos segundos.

Hasta que el niño volvió a hablar.

Y esta vez lo hizo durante más rato.

Casi medio minuto.

Damián lo escuchaba como en sueños.

Goran no.

El intérprete empezó a fruncir el ceño y a convertir su cara en una suerte de contenido horror.

Volvió el silencio.

La mirada de Goran buscándolo.

Damián dejó caer las cámaras.

Un retazo de niebla los envolvió y los convirtió en fantasmas.

—Dice… —El intérprete tragó saliva porque le costaba articular las palabras—. Dice ella fue… violada, y al llegar a su casa, llamando a madre, su padre… puso pistola en la mano para que… —Cerró los ojos—. Para que lavara honor familia y quitara vida.

A Damián se le doblaron las rodillas.

—¿Qué?

—No saben si… si ella misma hizo, o su propio padre disparó, pero…

Honor.

Tradición.

Recordó que la primera charla que sostuvo con el capitán Ernesto Gómez al llegar a la base fue precisamente para hablar de ello. Él mismo se lo había dicho: «Hay muchas formas de hacer una limpieza étnica. No hace falta ni disparar un tiro. Violan a una bosnia y listos. Ella queda deshonrada para siempre. Nadie va a quererla. Violada y despreciada por los suyos. Encima, si no se suicida, la mata el padre o el hermano mayor, para limpiar el deshonor».

El niño le tendió la mano.

Cuarenta dólares.

No era un precio excesivo por la verdad.

Damián sacó fuerzas de flaqueza. La cabeza le iba a estallar. Todo era un vértigo. Estaba inmóvil en el mismo ojo del huracán. Recuperó el dinero y se lo entregó al pequeño, que agarró los tres billetes y echó a correr.

Se quedaron solos.

—Necesito sentarme unos minutos —le dijo a Goran.

—Ven. —El intérprete lo tomó del brazo—. Allí hay banco de piedra.

Se dejó guiar.

Como un autómata.

Aunque sabía que, nada más sentarse, Goran le preguntaría cuál era la historia.

48

Damián cerró los ojos.

Llorar era fácil.

Vivir resultaba mucho más difícil.

Pensó en Carlos Artiach, muerto por una desconocida, muerto por ser decente, por haberse enfrentado a cuatro bestias despreciables. Y pensó en ellos, en el asesino Murillo, en los cómplices Espinosa, Sotomayor y Portas. Los vio en su mente, tanto allí, en la guerra, como luego, en Almería, Madrid y Burgos. Uno casado, el otro todavía militar y el tercero convertido en un desecho humano.

No, no la habían asesinado ellos, al menos no físicamente. Pero era como si lo hubiesen hecho. Como si cada uno hubiera apretado también el gatillo de aquella pistola.

El resto… Las tradiciones, la religión, la maldita religión, la cultura, el machismo, todo confabulado. ¿Qué más daba que los violadores fueran serbios o españoles? El honor contaba igual. Un padre capaz de matar a su hija, o darle la pistola para que lo hiciera ella misma.

Sin una lágrima.

Sin perdón.

También pensó en la novia de Artiach, y luego en Elisabet.

Él mismo, ¿iba a poder ser el de siempre después de aquello?

¿Cuántos puntos álgidos hay en una vida?

Goran guardaba silencio.

La niebla iba y venía, de pronto se espesaba, luego se hacía más liviana. Debían de quedar apenas unos minutos de claridad. En cuanto el día declinase, la tarde se oscurecería. Tendrían que regresar de noche.

Pero Damián no podía moverse.

Estaba atado al banco de piedra, al cementerio, a sus emociones.

Inesperadamente, apareció alguien más.

Por la entrada del cementerio.

Damián tardó en reconocerla.

Era la mujer dolorida, callada, que acompañaba al hombre de la pistola, el que le había gritado de forma airada que se marchara.

Ella.

La vio caminar despacio, detenerse ante la tumba de Marijka y arrodillarse.

La vio llorar.

Inclinarse, tocar la tierra con la frente una, dos, tres veces, y seguir arrodillada llorando.

Una madre que, tal vez, iba cada tarde a ver la tumba de su hija.

Lo que sucedió entonces aún fue más irreal.

Se abrió un pedazo de cielo.

Se hizo una claridad.

Cayó justo sobre la mujer y la tumba, mientras el resto del paisaje permanecía difuminado por la neblina.

Damián se llevó la cámara al rostro.

Disparó una sola vez.

Una única fotografía antes de que el rayo luminoso desapareciera.

Y entonces lo supo.

Ni siquiera necesitaba revelarla.

Era la Gran Foto.

AGRADECIMIENTOS

El documental *No me llames fotógrafo de guerra*, producido por Canal+ y emitido por Canal Plus Xtra el 2 de agosto de 2014, ha sido la fuente principal de inspiración y documentación para llevar a cabo esta novela, al margen de que de él sacara el título y la idea de la historia. Mi gratitud hacia sus productores y hacia todos los fotógrafos que cuentan sus vidas profesionales frente a las cámaras, comenzando por Samuel Aranda, que pronuncia la frase «No fotografíes soldados llorando» que menciono al inicio del libro, y siguiendo con Emilio Morenatti, Moisés Saman, Fernando Moleres, Richard Drew, Stuart Franklin, Robert Capa, Goran Tomasevic, Alvaro Ybarra Zavala, Bernie Boston, Santiago Lyon, Sandra Balsells, Manu Brabo, Cristóbal Manuel Sánchez, Nick Uf y Eddie Adams (cuya foto del vietnamita ajusticiado me impactó en mi adolescencia).

El borrador previo de esta novela fue preparado en Varadero, Cuba, en enero de 2016, y el libro fue escrito en junio del mismo año en Vallirana.

Made in the USA
San Bernardino, CA
06 November 2017